Geschichte und literarische Erinnerung:
Ein Vergleich zwischen der Geschichtsdarstellung bei
Christoph Hein und Jakob Hein in ihren epischen Werken

历史与文学回忆

—— 德国当代作家克里斯托夫·海因和
雅各布·海因叙事作品中的历史书写比较

◎ 张焱 著

同济大学出版社·上海
TONGJI UNIVERSITY PRESS·SHANGHAI

图书在版编目(CIP)数据

历史与文学回忆 : 德国当代作家克里斯托夫·海因和雅各布·海因叙事作品中的历史书写比较 / 张焱著. 上海 : 同济大学出版社, 2024. 11. -- ISBN 978-7-5765-1396-7

Ⅰ. I516. 065

中国国家版本馆 CIP 数据核字第 2024YJ9728 号

历史与文学回忆——德国当代作家克里斯托夫·海因和雅各布·海因叙事作品中的历史书写比较

张　焱　著

| 出 品 人 | 金英伟 | **责任编辑** | 戴如月 | **助理编辑** | 府晓辉 |
| **责任校对** | 徐逢齐 | **封面设计** | 潘向蓁 | | |

出版发行　　同济大学出版社　　www.tongjipress.com.cn
　　　　　　（地址：上海市四平路1239号　邮编：200092　电话：021-65985622）
经　　销　　全国各地新华书店、网络书店
排版制作　　南京展望文化发展有限公司
印　　刷　　苏州市古得堡数码印刷有限公司
开　　本　　890 mm×1240 mm　1/32
印　　张　　7.625
字　　数　　141 000
版　　次　　2024 年 11 月第 1 版
印　　次　　2024 年 11 月第 1 次印刷
书　　号　　ISBN 978-7-5765-1396-7

定　　价　　58.00 元

本书若有印装质量问题，请向本社发行部调换　　版权所有　侵权必究

前　言

"历史书写"这一概念,通常用于历史学研究领域。从传统历史主义至后现代主义史学流派的变迁中,我们对"历史书写"的理解发生了深刻的转变。部分研究者将"历史书写"视作文学创作,而历史学家则坚持他们自身的科学家身份,这两种观点之间始终存在着张力关系。与此同时,历史与文学的界限也变得模糊起来。"历史书写"不再只限于历史学研究,它在文学中也开始占据一席之地,尤其是在德语文学作品中,"历史书写"成为了一个常见的主题。

在1990年,经历了半个世纪的分裂后,东西德在世界政治局势的影响下重新统一。东德,即民主德国,一夜之间消失。然而,与民主德国有关的文学创作却没有停止。许多曾在民主德国(以下简称"民德")生活过的作家,仍然在他们的作品中回忆往昔。有学者认为,这些作家以民德为创作来源的行为,往往与他们的怀旧情绪有关,并指出读者对于这类作品的喜爱,也是因为他们想要满足对神秘民德的好奇心。由于民德时期政府对媒体和出版物的审查和封锁,使得真正的民情不能被外界完全知晓,所以自带神秘色彩。部分民主德国作家带有现实主义特色的作品自然就成为了民情"代言人"。但事实上,这股追捧民德回忆作品的热潮持续了20年左右。仅仅以类似的观点来解释作家和读者的行为,似乎有些牵强附会。毕竟那些只为了追求怀旧和满足读者好奇心的作品生命力通常不会持久。对于作家来说,他们仍然以民德的历史为主题,更多地凸显了这一群体对于这一历史阶段的深刻反思。对于读者来说,这些文学作品在特殊政治环境的"魔力"消退之后,也依然能够吸引他们的注意,这显示了作品超越时代的美学价值。

本书重点研究民主德国作家群体中的父子作家克里斯托夫·海因(Christoph Hein)与雅各布·海因(Jakob Hein)的叙事作品,深入研究他们如何在作品中反思和描绘历史,所运用的历史书写形式和策略,以及两人在创作方面的异同。克里斯托夫·海因的众多作品均以民德历史为主要内容。他在民德时期已享有盛誉,其作品的魅力超越了国界。在父亲的影响下,雅各布·海因也成为了德国新生代的代表作家之一。他早期的几部作品同样以民德生活为主要题材。因此,这两位作家作品中的历史书写都具有代表性。研究两位作家作品中历史书写的特点,不仅可以推进两位作家在中国的译介和接受,对德国当代文学中的历史书写研究也具有重要意义,而且可以促进读者对今日德国社会现实以及历史反思行为和意图的理解。

本书的正文部分共分四章。

第一章探讨文学与历史的关系，重点介绍史学和文学两个领域对于历史书写的理解和认识。从历史作为一个独立的学科诞生以来，客观公正的历史书写一直是历史学家的重要追求。因此，客观历史主义的思想一直在史学界拥有深远的影响。然而，20世纪以来，在历史学从传统史学走向新史学的过程中，历史学中历史书写的客观真实性遭到了质疑。历史学家无法复原过去，也不能直接记录过去发生的真实事件。他们带着自己的观念和认识，运用叙述手段书写历史，这一行为与作家的创作活动有相似之处。文学作品中也常常出现历史书写。作家利用这样的历史书写刻画人物和叙写情节，但文学与历史学中的历史书写最大的区别在于：文学中的历史书写服务于文学虚构，而历史学中的历史书写则以追求事实和认识过去为主要目的。

本书第二章以克里斯托夫·海因的两部叙事作品《占领土地》(Landnahme)和《一切从头开始》(Von allem Anfang an)为考察对象，详细剖析海因作品中历史书写的特点。这两部作品都写作于两德统一之后，属于海因书写历史作品中较新的两部，之前学者的研究也较少涉及。从总体来看，海因作品中的历史书写有两大主要特点。一是他的历史书写深受德国哲学家瓦尔特·本雅明

(Walter Benjamin)的历史哲学以及叙事学思想的影响。海因对于历史时间和历史进步的理解与本雅明的观点相似。本雅明的叙事学思想中强调的"碎片形式"在海因的作品中也有体现。二是海因在回忆历史时,始终坚持他独特的"编年史"写作原则。在这种原则的指引下,海因总是以冷静的态度,站在一个保持距离的观察者的角度,批判性地勾画作品中的人物和事件,没有过多的主观评价和分析。

第三章主要探析雅各布·海因作品中历史书写的特点。本书选取他的两部叙事作品《我的第一件T恤衫》(Mein erstes T-Shirt)和《申请永久出境许可》(Antrag auf ständige Ausreise: und andere Mythen der DDR)为例。前一部作品中的历史书写与流行文学的关系密切,涉及流行文学中许多常见的主题。流行文化的形成与当时的社会历史条件有很大的关系。雅各布·海因通过观察流行文化,讲述他作为青少年在民德时期所观察到的真实生活。在后一部作品中,他借助与历史紧密相连的文学体裁——轶事来书写历史。尽管作品中的故事大多都是虚构的,但这种虚构始终建立在真实的历史之上。

第四章在前两章的研究结果基础上,主要聚焦于分析和对比海因父子作品中历史书写的异同。一方面,作品的主要内容都与民德的历史相关联。他们运用文学虚构手段,关注普通人的生存状态,并在日常生活的描写中反映历史。他们借助历史书写,意欲揭示民德社会问题的本质,并传达更具有普遍意义的主题。两人历史书写的相似之处在于揭示了文学中的历史书写与历史学中的历史书写之间存在显著差异。另一方面,从历史书写的策略、语言风格以及思想深度这些维度来看,他们作品中的历史书写存在着明显差异。这些差异展现了文学中历史书写的多种可能性。

目录

前言

导论 …… 1
    第一节 父子作家克里斯托夫·海因和雅各布·海因 …… 1
    第二节 作家作品研究现状 …… 9

第一章 文学与历史中的历史书写 …… 24
    第一节 文学领域对于历史与文学关系的认识 …… 26
    第二节 历史学中的历史书写 …… 32
    第三节 历史小说作为文学中历史书写的重要类别 …… 39

第二章 克里斯托夫·海因作品中的历史书写 …… 49
    第一节 克里斯托夫·海因对本雅明历史哲学思想的接受 …… 49
    第二节 本雅明的历史哲学以及叙事学思想概要 …… 59

第三节 编年史作者：克里斯托夫·海因作品
中的历史书写特点概要……82
第四节 历史的碎片：克里斯托夫·海因小说
《占领土地》中的历史书写研究……101
第五节 少年回忆：克里斯托夫·海因小说《一切
从头开始》中的历史书写研究……123

第三章 雅各布·海因作品中的历史书写……148
第一节 笑看历史：雅各布·海因作品中的历史
书写特点概要……148
第二节 流行与历史：雅各布·海因作品《我的
第一件T恤衫》中的历史书写研究……153
第三节 小写历史：雅各布·海因作品《申请永
久出境许可》中的历史书写研究……172

第四章 微观历史的文学建构：海因父子作品中历史
书写的异同……190
第一节 海因父子作品中历史书写之同……190
第二节 海因父子作品中历史书写之异……202

结语……216

参考文献……223

导　　论

第一节　父子作家克里斯托夫·海因和雅各布·海因

民主德国作为德国历史上的一个重要阶段，从其建立之初到最后戏剧性终结的过程，一直都是历史研究者和作家们常写常新的主题。民德历史这一主题并不局限于民德时期的历史研究和文学创作，即使是在民德消失多年之后的今日，它也仍然是不少作家钟爱的素材。一些昔日曾因民德严格的政治审核而未能面世的作品，在两德合并之后得以与读者见面。此外，一部分民德作家的经典文学作品，例如，克里斯塔·沃尔夫（Christa Wolf）的《分裂的天空》（*Der geteilte Himmel*）、《追忆克里斯塔·T》（*Nachdenken über Christa T.*），克里斯托夫·海因的《陌生的朋友》（*Der fremde Freund*）、《霍恩的结局》（*Horns Ende*）等在两德统一之后依然不断地再版，受到无数读者的推崇，读者群体并不再仅限于原来的民主德国公民。

除了民德时期的作品之外,在两德再次统一之后,与民德历史和生活相关的新作品陆续面世,数量众多。例如,2010年德语文学界最重要的奖项之一英格褒·巴赫曼奖,将头奖颁给了德国作家彼得·瓦沃兹内克(Peter Wawerzinek),表彰其自传体小说《渡鸦之恋》(Rabenliebe)。在该作品中,作家回忆了他母亲逃离民德前往西德时,狠心将自己遗弃在了民德一家孤儿院里的经历。作家动人的身世故事和他独自在民主德国成长而得来的敏感心灵,给评委和读者们都留下了极为深刻的印象。同一年,克里斯塔·沃尔夫也将托马斯·曼文学奖收入囊中。获奖原因是她"在作品中以批评和自我批评的态度,探讨着她生活的那个时代的种种斗争、希望和错误,用深刻严肃的道德评判态度和叙述的力量描绘着那个时代的种种,直到在对神秘和人性的深入分析当中查明原因"。[①] 2011年,由欧根·鲁格(Eugen Ruge)创作的《光芒渐逝的年代》(In Zeiten des abnehmenden Lichts)荣获德国图书奖,这同样是一部民德家族史小说。2014年,卢茨·赛勒(Lutz Seiler)出版了小说《克鲁索》(Kruso),小说以1989年前后两德再次统一之际的民德为舞台,全书的剧情也主要发生在希登塞岛(Hiddensee)北部的多恩布

---

① Siehe: http://www.spiegel.de/kultur/literatur/0,1518,704796,00.html. Zugriff: 30.06.2023

什(Dornbusch),当时该岛被视为是民德的"避世之所"。在小说中,塞勒以精准的语言,将民德的最后一段历史与文学虚构恰切地结合,小说最终斩获2014年的德国图书奖和乌韦·约翰逊奖。这些实例表明,与民德历史有关的文学作品和作家,并未随着这一国家的消失而被人遗忘,反而越来越受到公众的重视和欢迎。

在备受关注的民德作家中,父子作家克里斯托夫·海因和雅各布·海因尤为引人瞩目。前者作为民德的重要代表作家之一,如今仍活跃在德语文学界。他的作品内容丰富、形式多样,众多戏剧作品和小说都深受读者欢迎。

克里斯托夫·海因1944年出生于西里西亚,成长在莱比锡附近的小城巴特迪本(Bad Düben)。① 由于他的父亲是一位牧师,当时民德不允许他在境内继续接受高中教育。从1958年到柏林墙建起,他作为寄宿学生在西柏林的一所综合高中继续学业。海因多次将这段特殊的经历融入自己的小说创作。柏林墙建起以后,出于家庭原因,海因又返回到东柏林,其间他曾做过书商、服务员、伙夫等各种工作。② 直到1964年,他通过高中毕业考试,获得进入大学学习的机会,后在莱比锡大学和柏林洪堡大学学习哲学和逻辑学。

---

① Michael Opitz/Michael Hofmann (Hg.): Metzler Lexikon: DDR-Literatur. Stuttgart 2009, S. 122.
② Vgl. ebd.

海因的写作生涯始于他的中学时期。他的第一批剧作在柏林人民舞台上映之后,他便成为了该剧院的戏剧顾问,并一直任职到 1979 年。他这一时期的代表作品是《拉萨尔向赫伯特先生打听蓉亚》(*Lassalle fragt Herrn Herbert nach Sonja. Die Szene ein Salon*)。1979 年,当他最重要的合作伙伴本诺·巴松(Benno Basson)离开剧院后,他的戏剧创作也陷入困境。一方面,在他的创作达到巅峰的两年间,他的戏剧遭遇 15 次禁演;另一方面,他被要求提供作品手稿,但却拿不到相应的报酬。[①] 最终,他也只能离开戏剧舞台。之后,海因曾被政府工作人员劝说离开民德,但他决心以一个自由作家的身份留下来,并依靠制作广播专题节目、翻译工作以及早期的一部分文学创作养家糊口。从 1980 年开始,他的叙事作品由建设出版社(Aufbau-Verlag)出版发行。1982 年,他的中篇小说《陌生的朋友》(*Der fremde Freund*)由于版权原因在西德以《龙血》(*Drachenblut*)为题出版面世。这部作品获得了巨大的成功,在民德和西德都引起了广泛的关注。西德的读者们几乎忘却了这是一部诞生于民主德国的作品。[②] 读者们被作品的主人公———一位民德的女医生以及她复杂压抑的精神状态深深吸引。尽管两德合并的转折期已过,这部小说在读者群中魅力犹存。作品中

---

① Vgl. Christoph Hein: Aber der Narr will nicht. Essais. Frankfurt am Main 2004, S. 10.
② Michael Opitz/Michael Hofmann (Hg.): Metzler Lexikon, a. a. O., S. 122.

的人物所展现出的现代人空虚寂寞的心理状态,令人过目难忘。

与此同时,海因的戏剧创作也在继续。其中,引人注目的作品有《阿Q正传》(*Die wahre Geschichte des Ah Q*)和《圆桌骑士》(*Die Ritter der Tafelrunde*)。前者改编自鲁迅先生的同名小说。在作品中,海因借鲁迅作品的"外衣",寓言式地反映了民德公众的社会情绪和心理诉求。而《圆桌骑士》则是对亚瑟王时期圆桌骑士传说进行了戏剧化处理,表现了民德当时社会政治体制的僵化。[①]

在转折时期前,海因已经在西德获得了许多荣誉。统一后,他依然笔耕不辍,作品在德国乃至世界文坛的影响力日渐扩大。他获得的奖项包括1983年的德国评论家奖,1990年的埃里希·弗里德奖,1998年的彼特·魏斯奖,2008年的瓦尔特·哈森克勒弗尔奖,2010年的艾辛多夫奖,2012年的乌韦·约翰逊文学奖,2020年北威州的儿童图书奖。他的作品已被翻译成超过35种语言。海因一直是民主德国作家联盟(Schriftstellerverband)和作家协会(PEN Zentrum Deutschland)的成员。他从1998年到2000年还担任了统一后的德国作家协会的第一任主席。[②]

克里斯托夫·海因作品众多,按照作品的主题大致

---

① 参见范大灿主编,李昌珂著:《德国文学史.第5卷》,译林出版社,2007年版,第448页。
② Vgl. Michael Opitz/Michael Hofmann (Hg.): Metzler Lexikon, a. a. O., S. 123.

可以分为三类。第一类作品以批判现代文明为主,包括《陌生的朋友》和《威伦布洛克》(*Willenbrock*)。第二类作品以探讨在不受政治意识形态控制的社会中,人们能否自由行动为主题。在探讨这一问题的同时,海因进一步揭示了法制的界限。此类作品包括《跳探戈的人》(*Der Tangospieler*)、《拿破仑游戏》(*Das Napoleon-Spiel*)以及《他幼小童年中的花园》(*In seiner frühen Kindheit ein Garten*)。第三类作品以记录民德历史和反映民德生活为主要内容,也是本研究的重点考察对象。海因早期的作品《霍恩的结局》,以及 2000 年前后面世的《一切从头开始》和《占领土地》都属于这一类别。

海因的两部小说《霍恩的结局》和《跳探戈的人》充分体现了他的叙述风格,特别是其独特的"角色散文",通过不同角色的视角,对人物内心世界的细腻描绘,让读者可以深入了解每个角色的心境。此类"角色散文"也同时打破了禁忌,将官方话语中隐藏的压迫、平息措施和掩饰公之于众。[①] 例如,对 1953 年 6 月"匈牙利事件"的沉默,国家的普遍不景气以及当权者的愚蠢行径等内容,都在海因 20 世纪 80 年代写就的作品中得到体现。在 1987 年召开的作家大会上,海因更是大胆地公开批评民德政府对于媒体和出版业的严格审查。转折时期之后,部分民德

---

① Vgl. Michael Opitz/Michael Hofmann (Hg.): Metzler Lexikon, a. a. O., S. 123.

作家在离开民德这一创作土壤以后，就再无法写出优秀的作品，甚至放弃了写作。① 然而，这种情况并没有发生在海因身上。在完全不同的生活条件下，他早已敏锐地察觉到现代德国社会中普遍存在的问题，并运用他独有的写作策略，在作品中记录着他对于这些问题的思考。这些以反映新问题为主题的作品包括《拿破仑游戏》《威伦布洛克》等。近年来，海因在尝试了不同主题的创作后，再次回归到他所擅长的历史书写领域。他的作品《幸运儿与父亲》(*Glückskind mit Vater*)和《特鲁茨》(*Trutz*)再次引起了读者的广泛关注。这两部作品中的叙述不仅仅将历史记忆框定在民德这一特殊的历史时期，更是借助主人公或其家族的故事，向读者们呈现跨度数十年甚至是百年的时代变迁。

雅各布·海因在德语文学界中的知名度与其父亲相比尚显不足，但作为德国新生代作家的一员，他凭借短小幽默的作品风格也渐渐为读者所熟悉。雅各布·海因1971年在莱比锡出生，父亲克里斯托夫·海因是职业作家，母亲克丽丝蒂安娜·海因（Christiane Hein）是一位电影导演。他的童年和少年时期都在东柏林度过。1990年中学毕业之后，雅各布②进入柏林的一所大学攻读医

---

① Vgl. Holger Helbig: Weiterschreiben. Zum literarischen Nachleben der DDR. In: Ders. (Hg.): Weiterschreiben: Zur DDR-Literatur nach dem Ende der DDR. Berlin 2007, S. 3-4.
② 为避免与作家克里斯托夫·海因混淆，下文中使用雅各布来代指作家雅各布·海因。

学，专业方向为心理医学，随后又到瑞典的斯德哥尔摩和美国的波士顿继续深造。他于 2000 年在柏林洪堡大学获得博士学位后，开始在柏林的一家知名医院就职，不久便出版了自己的第一部作品《我的第一件 T 恤衫》。现如今的雅各布同时拥有医生、作家和朗读者三重身份。1998 年，在博士学业尚未结束之时，他加入了柏林的朗读舞台，和其他同事一起，定期在听众面前朗读自己的作品。朗读舞台的表演者们是一群作家，他们在固定的地点定期（每周或每月一次）朗诵自己创作的消遣性短篇文章。这段朗读舞台的经历对雅各布的作品创作产生了深远的影响。这种影响在他初期的作品中表现得十分明显。这些作品都显示出了短小精悍、妙趣横生的特点，大多描绘与日常生活息息相关的内容，因此能轻而易举地引发听众的共鸣。

自 2001 年雅各布·海因的首部作品问世以来，他几乎每年都有一到两部新作发行。这些作品，尤其是广受好评的《我的第一件 T 恤衫》《或许这样也好》(*Vielleicht ist es sogar schön*)、《我的面前是白天，背后是黑夜》(*Vor mir den Tag und hinter mir die Nacht*)，在读者中间引发了热烈反响。雅各布的许多作品主要聚焦他自身和周围人在民主德国的生活经历，涉及民德社会生活和历史的主要包括《我的第一件 T 恤衫》《申请永久出境》和《冷水》(*Kaltes Wasser*)。其中《冷水》被众多评论家视为"转折后的寓言"，尽管其中对民德生活的回忆并未占据主导篇幅。在《我的第一件 T 恤衫》中，主人公的经历和雅各布本人颇为相似，连人物形象也与雅各布本人有几分接近。在《或许这样也好》中，雅各布重点记录了母亲患病阶段的生活经历，并讲述了母亲身为犹太人在德国生活的坎坷身世。而在作品《我的面前是白天，背后是黑夜》中，雅各布运用多条故事线索交叉的方式，探讨了"什么是幸福"这一人类普遍关注的终极问题。近年来，雅各布·海因的作品也陆续进入中国读者的视野。他的一部畅销小说《延森先生遁世记》(*Herr Jensen steigt aus*)现已有了中文版本。

第二节　作家作品研究现状

目前，已经有不少德国学者对海因父子及其作品进行了深入研究，但针对两人作品及创作特色的对比研究并不多见。埃莱娜·耶什（Hélène Yèche）在其研究论文《关于身份的叙事建构——在持续的民主德国文学和东方现代主义之间：克里斯托夫·海因和雅各布·海因的比较研究》(*Über die narrative Konstruktion von Identität. Zwischen Noch-DDR-Literatur und Ost-Moderne: Christoph und Jakob Hein im Vergleich*)中，以克里斯托夫·海因的《宝拉·特鲁索夫人》(*Frau Paula Trousseau*)和雅各布·海因的《我的第一件 T 恤衫》为例，从自传和代际的视角出发，探讨了两位作家通过叙事作品建构文化身份时呈现出的差异性。① 埃莱娜·耶什提出,在回顾东德历史时,两位作家发展出一种平行的记忆话语,并且都有意识地通过叙事手段来构建文化身份的认同。这种构建对于塑造出与以往不同的主体视角作出了贡献。耶什的研究主题是身份建构,研究对象局限在两个具体文本,并未对两位作家的作品进行系统的观察,也未集中讨论作家作品中的历史书写特色。

前辈学者对两位作家的研究更多是针对其中的一位进行的专门研究。克里斯托夫·海因创作生涯开始较早,他在长期的创作过程中逐步形成了鲜明的个人特色。他的作品也经常深入地探讨人性和社会中存在的各种问题,思想内涵丰富。因此,他的作品吸引了德国本土和海外的大批研究者。

其中一部分学者主要以海因早期的作品为研究对象,深入地考察了他的创作与他对本雅明哲学思想接受之间的关系。安德烈娅·希尔布克(Andrea Hilbk)的《从循环运动和循环乌托邦到克里斯托夫·海因叙事作品中的历史书写》(*Von Zirkularbewegungen und kreisenden Utopien zur Geschichtsdarstellung in der Epik Christoph Heins*)是截至目前海因研究中最为全面的一部专著。这本书是

---

① Vgl. Hélène Yèche: Über die narrative Konstruktion von Identität. Zwischen Noch-DDR-Literatur und Ost-Moderne: Christoph und Jakob Hein im Vergleich. In: Elisa Goudin-Steinmann, Carola Hähnel-Mesnard(Hg.): Ostdeutsche Erinnerungsdiskurse nach 1989: Narrative kultureller Identität. Leipzig 2013, S. 265 – 284.

希尔布克的博士论文,于 1996 年完成,研究范围几乎涵盖了海因 1996 年之前的所有叙事作品。希尔布克通过对海因早期叙事作品的分析,介绍了他的创作风格和本雅明的哲学思想对他的影响。随后,她从不同作品的不同主题入手,对大量的文本进行了详细阐释。在具体分析后,希尔布克重点探讨了海因作品中的历史书写和海因对敏感历史(故事)的揭示手法。① 通过全面的分析,希尔布克认为,海因的历史书写都是在其"循环"理念的统领下进行的。这一"循环"理念集中体现在作品人物的塑造中,具体表现为人物日常生活的单调闭塞和一成不变,并且她认为,海因重复使用"循环"原则是为了凸显当时社会和个人生活领域普遍失去活力、陷于衰落的现实。就历史书写的众多意义层次而言,作品的历史书写是对民德意识形态、制度以及文明的批判,这种批判不受任何官方规范的限制。"循环"原则一方面意味着停滞和倒退,另一方面也表达了作者的"乌托邦"思想。按照希尔布克的解读,海因全方位地批判了传统的"进步"概念,并认定"循环"运动是其积极的替代。虽然希尔布克在其研究中将海因作品的历史书写作为她的研究焦点,但她的研究涉及的范围非常广泛,对历史书写的研究只占整个研究的一小部分。此外,她只简略地分析了本雅明思想

---

① Vgl. Andrea Hilbk: Von Zirkularbewegungen und kreisenden Utopien zur Geschichtsdarstellung in der Epik Christoph Heins. Augsburg 1998, S. 14.

对于海因的影响，以及海因如何利用历史书写批判文明以及社会制度。在分析具体文本时，她也并未提及本雅明思想如何在海因的文本中得到反映。因此，这部分对海因式历史书写的研究略显粗浅。她还提出，海因书写历史最主要是为了批判民主德国的社会主义制度，这一观点也有待商榷。

菲利普·麦克奈特（Phillip Mcknight）在《历史与民主德国文学》（*Geschichte und DDR-Literatur*）一文中，以克里斯托夫·海因的作品《霍恩的结局》为例，探讨了历史与文学之间的关系。[①] 文章认为，海因在小说中探索了历史服务于政治权力的可操纵性以及记忆在历史书写中扮演的角色。麦克奈特认为，海因将记忆与遗忘联系起来，既针对民德当局对历史事实的政治压制，也涉及其对事件的肆意歪曲。他将编年史形式存在的记忆转化为文学，将被掩盖的事件对民主德国日常生活的影响融入作品，以此来抵抗官方历史的缺失。该研究虽涉及历史与文学的关系，但更多的是谈论被压抑和歪曲的历史事件对日常生活的影响。这类历史事件仅为海因历史书写的部分内容，不能体现其全部特征。另外，文本分析同样只选取了海因的一部作品，难以获得对作家历史书写的系统认识。

---

① Vgl. Phillip Mcknight: Geschichte und DDR-Literatur. (Amnesie, Fragmentierung, Chronik, kritisches Bewusstsein und Weichenstellung im Rückblick auf die Mitte der 50er Jahre: Mankurt, Horn und Horns Ende). In: Hans-Christian Stillmark(Hg.): Rückblicke auf die Literatur der DDR. Amsterdam/New York 2002, S. 191–220.

延斯·F. 德瓦斯(Jens-F Dwars)在其研究论文《仅仅只是一个编年史作者!?》(*Nur ein Chronist!?*)中也得出了与希尔布克类似的结论。他通过研究海因的作品《陌生的朋友》《霍恩的结局》和《跳探戈的人》中的历史叙事,指出海因是出于革故鼎新的意愿叙述历史,他的叙事文本并非不分重点记录一切,而是把重心放在反对时代精神的人与事,拥有严格的理性构造,反复出现循环的记忆,意在提醒读者警惕历史重演,并试图通过叙写过去来打破历史的循环。[1] 研究的不足同样也在于他的研究对象均为海因在两德合并之前创作的作品,研究案例略显不足,对海因历史书写的特点也缺少系统的总结。

皮特·C. 费弗尔(Peter C. Pfeiffer)在《死者与历史》(*Tote und Geschichte(n): Christoph Heins „Drachenblut" und „Horns Ende"*)一文中,通过研究海因作品《陌生的朋友》和《霍恩的结局》发现,海因使用的"怀念逝者"结构性主题贯穿民德文学史,并与民德国家身份认同建构过程中对"纪念"的崇拜,尤其是对"纳粹受害者"的不断缅怀有关。[2] 费弗尔认为,反法西斯文学中"回忆持续不断

---

[1] Vgl. Jens-F Dwars: Nur ein Chronist!? Vom angestrengten Versuch Geschichte(n) zu erzählen in der Prosa Christoph Heins. In: Walter Delabar/Werner Jung/Ingrid Pergande(Hg.): Neue Generation-Neues Erzählen. Deutsche Prosa-Literatur der achtziger Jahre. Opladen 1993, S.165 – 176.

[2] Vgl. Peter C. Pfeiffer: Tote und Geschichte (n): Christoph Heins „Drachenblut" und „Horns Ende". In: German Studies Review, Vol. 16, No.1(02. 1993), S. 19 – 36.

的死亡",是为反法西斯主义和反资本主义国家的理念服务。而海因希望通过民德自身历史的受害者记忆获得窥视未来的视角。民德的反法西斯运动和国家行使权力保证其合理性的行为带来的是连续性的压迫,海因想通过受害者记忆来打破这种连续性,文本本身也成为见证民德政治文化体系没落的证明。费弗尔从海因书中连续出现的死者形象和受害者记忆着手进行研究,呈现与以往研究不同的新意,但因其秉持的西方政治立场,他对记忆书写和民德反法西斯运动之间关系的看法有失偏颇。

伊纳斯·策克特(Ines Zekert)在他的专著《创作与预言》(*Poetologie und Prophetie*)中,也把研究重点放在海因的艺术理念与其对本雅明思想的接受之间的关系上。① 通过对海因早期的散文和戏剧作品的深入分析,策克特得出结论:海因的艺术观深受本雅明思想的影响,他把本雅明的理论观念诠释为一种艺术理念,并丰富和发展了这一理念。策克特研究中关注的一个中心问题是海因对于历史的认识,这与海因对本雅明历史哲学的理解有着深层的联系。策克特指出,海因在创作中接受了本雅明"不会消逝的过去"的历史哲学观点,并选择了以戏剧《克伦威尔》为例,研究了本雅明"历史即现在"的观点如何影响了海因的创作。随后,他又以《霍恩的结局》为研究对

---

① Vgl. Ines Zekert: Poetologie und Prophetie: Christoph Heins Prosa und Dramatik im Kontext seiner Walter-Benjamin-Rezeption. Frankfurt am Main 1990, S. 11ff.

象,解析了小说中关于克服过去以及回忆美学的主题,认定这样的主题和剧中人物的设置同样也突显了历史不会消逝的特性。然而,从策克特的研究结果来看,他聚焦的始终是海因的整体艺术观,并未特别关注海因具体作品中的历史书写,也没有察觉到本雅明的叙事学观点对海因的影响。此外,策克特的专著因为写成的年代较早,作为案例分析的作品主要集中在海因早期的作品。因此,他的分析结果是否适用于海因后来的作品,也是一个值得进一步考查的问题。

除上述的研究与本书主题密切相关以外,对海因作品的研究还包括一部分以民德社会知识分子遭遇的精神危机为主题的专著。克里斯特尔·基维茨(Christl Kiewitz)的专著《沉默的呼喊——克里斯托夫·海因作品中的社会主义知识分子的困境和批判》(*Der stumme Schrei: Krise und Kritik der sozialistischen Intelligenz im Werk Christoph Heins*)就是其中颇具代表性的一部。基维茨着眼于海因作品中的民主德国社会主义社会中知识分子这一群体。他通过研究海因早期的戏剧和小说,揭示了民德知识分子所遭遇的危机和他们对民德社会的控诉与批判。[①] 他发现,海因小说中的知识分子常陷入生活和心灵上的困境,显现出对个人和社会生活的迷茫、焦虑和无力感,这

---

① Vgl. Christl Kiewitz: Der stumme Schrei: Krise und Kritik der sozialistischen Intelligenz im Werk Christoph Heins. Tübingen 1995, S. 17ff.

是民德知识分子危机的重要表现。这种危机是民德社会主义表象世界中，一种新的"错误"意识的结果。这种"错误"意识是指以主观真理，而非以客观事实和实事求是的态度去建构社会现实。海因也借助作品中知识分子群体的困窘之境，反映了民德社会对这个特殊群体，尤其是对他们心灵的巨大影响。除了基维茨以外，还有贝恩德·菲舍尔（Bernd Fischer）的著作《克里斯托夫·海因在民主德国最后几十年中的戏剧和散文》（*Christoph Hein: Drama und Prosa im letzten Jahrzehnt der DDR*）也值得注意。该书于1990年两德合并之际出版。菲舍尔在书中主要研究了海因转折时期前的戏剧和叙事作品。他将目光投向了特殊时期文学的自我诊断。[①] 他认为，海因的作品是研究这一主题最理想的对象。因为无人能像海因那样，从最初到新近的作品，将知识分子在社会历史中，尤其是在社会主义历史中遭遇的失败反映在其悲喜剧中。也因这样的文学自我审视，海因的作品魅力在柏林墙倒塌之前就能够突破意识形态的束缚。

海因茨-彼特·普罗伊瑟尔（Heinz-Peter Preußer）的《文明批判和文学公开性》（*Zivilisationskritik und literarische Öffentlichkeit*）也属于海因研究的早期专著之一。他在研究中以海因早期的四部作品为考察对象，

---

① Vgl. Bernd Fischer: Christoph Hein: Drama und Prosa im letzten Jahrzehnt der DDR. Heidelberg 1990, S. 6.

以书名中的两个主题——对现代社会文明的批判和文学公开性——为切入点,对这些作品的结构、人物形象、故事内容进行了详尽的剖析。① 通过研究,普罗伊瑟尔揭示了海因的众多叙事作品在文明批判层面上的内在联系。当人们在民主德国解体之后,抛开社会主义和资本主义意识形态之间的交锋,对民主德国文学进行诊断式的重新评估时,将会发现,这一时期民德文学中的文明批判并不只针对民主德国时期。

除上述几本专著外,还有一部分论文集中收录了海因作品分析类的文章。其中包括《不提供重要消息的编年史作家》(*Chronist ohne Botschaft*),出版者是克劳斯·哈默(Klaus Hammer)。该著作收录有海因的访谈实录以及一篇演讲稿,剩余的大部分收录的是与海因1990年以前的叙事和戏剧作品相关的论文。另有论文集《克里斯托夫·海因:文章、数据和图片》(*Christoph Hein: Texte, Daten und Bilder*),由洛塔尔·拜尔(Lothar Baier)主编而成。这本书中也同样收录了海因的几篇演讲稿,采访讲话稿以及一部分零散的书评类文章。另一本由格雷厄姆·杰克曼(Graham Jackman)编辑的论文集《透视克里斯托夫·海因》(*Christoph Hein in perspective*)主要收录了1999年英国雷丁大学举办的"克里斯托夫·海

---

① Vgl. Heinz-Peter Preußer: Zivilisationskritik und literarische Öffentlichkeit: strukturale und wertungstheoretische Untersuchung zu erzählenden Texten Christoph Heins. Frankfurt am Main 1991, S. 5ff.

因会议"上研究者的发言稿,其中大部分研究聚焦于海因的一部或几部戏剧和小说作品。这部分稿件中包含书评以及针对人物形象或作品整体含义的文章。此外,还有《文章与评论》(Text + Kritik)系列丛书中的海因卷也收录了不少与作家相关的评论文章。这些论文集中的研究大部分只围绕海因早期的某一部具体作品中的主题、情节、人物等展开,极少涉及海因叙事作品中的历史书写研究。

除前述的博士论文、专著、论文集,至今在国际学术圈,尤其是在德国,仍不断有研究海因及其作品的论文出现在各类学术刊物和媒体平台上。反观国内,尽管克里斯托夫·海因是当今德国文坛十分有影响力的一位作家,但他并未得到中国日耳曼学者足够的重视。目前,我国尚缺乏对海因作品和写作风格的专门研究,只能看到一些简略介绍海因作品的文章,或者是对早期个别作品的评论文章。另外,鉴于海因与中国文学的密切关系,部分学者进行了比较文学方面的研究。例如,顾文艳在《东德阿Q的革命寓言:克里斯托夫·海因的〈阿Q正传〉戏剧改编》中关注了海因对鲁迅小说《阿Q正传》的改编。① 她的研究结果显示,海因提取了鲁迅蓝本中寓言性创作元素,对主人公的身份进行了创造性加工,并将其身份重

---

① 参见顾文艳:《东德阿Q的革命寓言:克里斯托夫·海因的〈阿Q正传〉戏剧改编》,《中国比较文学》2021年第3期,第122—137页。

塑为空谈革命的现代知识分子。在海因改编的剧本中，无政府主义革命语词成为东德阿Q的"精神胜利法"，成为他"避世"法反抗的支撑力量，也给他带来了与革命共生的暴力和不幸的结局。

雅各布·海因的作品数量及其影响力，至今仍未能与其父亲媲美。由于作品的数量和内容深度等因素，德国目前尚未有专门针对雅各布·海因及其作品的系统研究。可供参考的资料主要包括网络以及文学期刊中的零散书评，以及雅各布本人所接受的采访。妮可·泰斯（Nicole Thesz）在《怀念民主德国一代人的青春期》（*Adolescence in the "Ostalgie" Generation*）一文中，就雅各布的《我的第一件T恤衫》进行了讨论。① 在文中，她把这部作品与电影《再见，列宁！》（*Good Bye, Lenin!*）、《太阳大道》（*Sonnenallee*）以及亚娜·汉泽尔（Jana Hansel）的作品《地带儿童》（*Zonenkinder*）进行了对比分析，并着重研究了雅各布的作品与"民主德国恋旧情结"②之间的关系。泰斯得出了如下结论：海因的作品虽然与其他几部作品同样考察了民德的青年时代，但却显现出极大的不同。其他作品中的"民主德国恋旧情结"重塑了对民德的身份记忆，雅各布则主要分析了20世纪七八十年代的青春期

---

① Vgl. Nicole Thesz: Adolescence in the "Ostalgie" Generation: Reading Jakob Hein's Mein Erstes T-Shirt against Sonnenallee, Zonenkinder, and Good Bye, Lenin!. In: Oxford German Studies, 2008, 37(1): S. 107 – 123.
② 民主德国恋旧情结，德语为"Ostalgie"。这个词语是由"Ost"（民主德国）与"Nostalgie"（怀旧）两个词语组合而来的。

图像。他以青年精神病学家的身份传达了一种双重视角，以成人的讽刺批判了儿童教育实践的效果。与民德消失之后流行艺术作品中的怀旧风潮不同，在作品中更注重探讨成熟的本质、记忆和对时间流逝的觉知。弗兰茨斯卡·迈耶（Franziska Meyer）在其文章《过去是另一个国度，国度是另一个过去》（*The Past is Another Country and the Country is Another Past: Sadness in East German Texts by Jakob Hein and Julia Schoch*）中，将雅各布·海因的《或许这样也好》和尤利娅·肖赫（Julia Schoch）的《随着夏天的速度》（*Mit der Geschwindigkeit des Sommers*）相对比，以亲人离世带来的失落和分离为中心主题，深入研究了两位有过民主德国生活经验的作家带来的作品。① 迈耶阐述了这样的观点：两位作家文本中对于亲人的哀悼与特定的历史背景相关，而两部作品对悲伤的不同唤起方式，同时也反映了两位作家对民德历史不同的反思结果。

综上，对海因父子两位出身民德的作家及其作品，确有研究者关注到他们借用艺术手段进行的历史书写，但至今为止的研究存在几个问题。首先，这种关注主要针对克里斯托夫·海因早期的戏剧和叙事作品，对其两德

---

① Vgl. Franziska Meyer: The Past is Another Country and the Country is Another Past: Sadness in East German Texts by Jakob Hein and Julia Schoch. In: Mary Cosgrove/Anna Richards (Hg.): Sadness and Melancholy in German-Language Literature and Culture. Vol. 6. Edinburgh 2012, S. 173–192.

统一后的作品没有过多涉及,所以原有的研究成果能否系统地评价海因作品的整体特征成疑。其次,由于早期的研究者将自己的研究对象限于海因的早期作品,因此通常认为海因作品中的历史书写主要是为了抨击民德社会的僵化和衰退。这固然与海因作品中的人物塑造特色有关,但无法解释为何像《陌生的朋友》这样的作品仍能在西德引起大量读者的共鸣。考虑到东西方意识形态的差异,不能排除部分研究者因偏见得出了批判民德政治制度和社会历史的观点,这部分观点的可靠性还有待进一步考察。再者,虽然前期的学者认为海因的历史书写与其"循环"叙事原则紧密相连,但结合本雅明哲学对海因的深刻影响以及海因在两德统一后的新作品来看,"循环"原则是否仍是海因的核心叙事原则尚存疑问。最后,虽有不少学者各自研究过海因父子及其作品,但就目前笔者掌握的文献来看,尚未有学者对二人作品中的历史书写进行详细的梳理、分析和比较。因此结合国内外的研究现状来看,本书将尝试弥补前面学者研究中的不足,进一步深化和细化他们的研究,同时对前人的研究结果加以验证和补充。

本书选取海因父子作品中的历史书写为研究对象,主要因其具有独特的价值。第一,两位作家书写的是一个在历史学范畴中已然消逝的国度。国家的政治经济制度、法律体制等一夜之间发生巨变,原本的国家不复存在。历史学专著中的寥寥数语即可描述国家的覆灭,但在文学的历史书写中,读者可以发现,作品中的人物无法如此轻易地与他们经历过的历史做好切割。历史学和文学中的历史书写之间的差异,因这一特殊国家的存在而凸显出来。第二,两位作家是父子关系,他们所经历的民德历史时期多有重叠,但两人对同一段历史的记忆视角和书写方式却大不相同。这种差别也是文学中历史书写模式多元化的有力佐证。在克里斯托夫·海因的叙事作品中,尤其是在他的小说中,历史书写和独特的叙述风格是构成其作品特色的两大基本元素。雅各布·海因在其早期的几部作品中,详尽地回忆和记录了他在20世纪七八十年代在民德的所见所闻。因此,在研究文学作品的历史书写时,这两位作家的作品是极具代表性的研究对象。

本书的主要研究目的之一是通过对海因父子作品中历史书写形式的考察,分析并挖掘文学中历史书写的特征,以及文学与历史学中的历史书写之间的基本差异。尽管两人出生于不同的年代,但他们在民主德国消失多年之后,仍将过去的历史作为他们多部作品的共同主题。父子二人同为作家,他们的创作主题的相似性让人不禁产生联想,提出以下几个问题:为什么他们都选择了历史记忆作为主题?在创作过程中,雅各布·海因是否受到了他父亲的影响?或者,他们在创作上相互影响,彼此对话?他们对民主德国历史的回忆和书写方式、效果是否一致?本书的另一个研究目的是揭示他们二人作品中历史书写的特点,并通过比较明确他们历史书写的异同。由于两位作家生活年代的不同,对于民主德国历史的回忆和理解也各有不同。通过具体的文本分析,我们可以清晰地识别他们的不同之处以及他们各具特色的文学手法和写作风格。

  本书的研究重点是分析和比较海因父子作品中的历史书写,具体研究思路为:通过文本细读和阐释,分析他们在多部作品中应用的基本创作原则,即他们运用何种文学手法描述历史,以及他们如何通过历史书写展现各自的文学风格以及对民德历史的思考。在对具体作品进行分析前,笔者将首先对两位作家的创作原则和特点进行总体把握,之后分别对特定作品中的历史书写部分进行研究,随后比较两人作品中的历史书写。在比较的过程中,除了总结两位作家的异同之外,笔者也将尝试从他们的作品在民德文学史中,以及在整个德国文学史中的位置和作品风格等角度来分析他们的异同产生的原因,并进一步归纳文学与历史学中的历史书写之间的显著差异。

第一章　文学与历史中的历史书写

"历史"一词在日常用语中包含两种含义,它既指在过去实际发生的现象,也指历史学家在著述中对过去发生现象的记述。① "历史书写"(德语称为 Geschichtsschreibung 或 Geschichtsdarstellung),按照字面意思理解,即为描述历史,描述过去实际发生的事件和现象。历史书写不仅仅是历史学家的特有权利和专属任务,艺术家,尤其是以语言文字为重要创作手段的作家,同样也有权利和意愿去记录他们认为有意义的过去。这种过去是他们作品中常常涉及的主题。然而,目前的研究情况显示,"历史书写"这个词汇大多只出现在历史学研究当中,而在文学研究中则较少为人所提及。为什么历史书写被视为历史学家的专职任务,而文学作品中的历史书写为何未能得到

---

① 参见约翰·托什:《史学导论:现代历史学的目标、方法和新方向》,吴英译,北京大学出版社,2007年版,第 xviii 页。

应有的重视？若想得到问题的答案，我们需要追溯至文学与历史的交汇关系上来。

　　文学与历史，这两者之间的关系可谓源远流长。从西方史学史来看，各国的史学研究最早应追溯到神话与史诗。神话与史诗"反映了人类处于萌芽状态的文学、史学、哲学、宗教、伦理等原始先民的最初的意识形态"。① 口耳相传的神话与史诗是文学和历史学的共同源头。举例来说，著名的《荷马史诗》便是当时社会生活的"百科全书"。这部史诗中融入了许多重要的文学和历史要素。作为以诗歌形式著成的文学作品，《荷马史诗》是古代希腊文学的重要代表，不仅一度是欧洲文学的高峰，而且对后世文学的发展也产生了极为深远的影响。但要是拨开这部作品神话传说的迷雾，将其中的文学成分剔除，就可以发现《荷马史诗》颇具史料价值。它既反映了史诗创作年代的社会情况，也反映了神话传说传承年代的历史记忆。就其所包含的社会和文化方面的信息而言，它的范围之广和内容之丰富，都是古希腊许多历史著作所不能比拟的。所以从共享起源这一角度来看，一开始，文学和历史学就有着十分密切的关系。

---

① 张广智主著：《西方史学史》，复旦大学出版社，2010年版，第6页。

第一节　文学领域对于历史与文学关系的认识

在《荷马史诗》问世之后,文学、历史学和哲学等诸多学科,便从这一共同的源头开始逐步走向分离和独立。在独立发展的过程中,文学和历史学两门学科经历了相互排斥和相互融合的过程。然而,在当代语境中,历史书写在绝大多数情况下被视为历史学家的专门领域,主要存在于历史学研究之中。文学中的历史书写为何在学术界日益边缘化?在寻找这一问题的答案时,我们应首先梳理文学领域内探讨文学和历史之间联系的众多极具影响力的观点。

在文学发展的漫长过程中,有为数不少的文学理论家、思想家,不同文学时期的代表作家都深入地思考过文学与历史的关系。早在古希腊时代,亚里士多德就曾关注过历史与文学之间的联系。他在《诗学》一书中,曾探讨过历史学家和诗人的区别以及他们各自的任务。文中提道:

> 诗人的职责不在于描述已发生的事,而在于描述可能发生的事,即根据可然或必然的原则可能发生的事。历史学家和诗人的区别不在于是否用格律文写作(希罗多德的作品可以被改写成格律文,但仍

然是一种历史,用不用格律不会改变这一点),而在于前者记述已经发生的事,后者描述可能发生的事。所以,诗是一种比历史更富哲学性、更严肃的艺术,因为诗倾向于表现带普遍性的事,历史却倾向于记载具体事件。所谓"带普遍性的事",指根据可然或必然的原则某一类人可能会说的话或会做的事——诗要表现的就是这种普遍性,虽然其中的人物都有名字。所谓"具体事件"指阿尔基比阿得斯做过或遭遇过的事。①

这一著名的论述在讨论文学与历史的关系时屡次为研究者所提及。在论述中,亚里士多德解释了"普遍性"和"具体事件"两个概念。他认为"普遍性"指的是,一个人按照可能性和必然性的规律会说的话、会行的事。他进一步阐述,诗人所要描写的、追求的正是这样一种普遍性,而历史学家则描述的是过去发生的具体事件,例如某一场战争等。基于这种普遍性和特殊性的对比思考,亚里士多德对文学的评价更高。且不论谁的价值更大、地位更高,在这两种学科逐步分离的过程中,许多文论家和历史学家都分别对自己学科的本质以及任务进行了研究和探讨。

在《文学理论》中,韦勒克试图将文学同其他基本概

---

① 亚里士多德:《诗学》,陈中梅译注,商务印书馆,1996年版,第81页。

念和学科区分开来,提出了他关于文学本质的观点。他认为文学的本质体现在文学所涉猎的范畴中。文学作品中所陈述的,从字面上理解都并非真实,不论作品是小说,还是戏剧、诗歌,"它们处理的都是一个虚构的世界、想象的世界"。[1] 小说中的陈述,即使是一本历史小说,与历史学或社会学书籍所记载的同一事实之间也有重大差别。[2] 小说中的人物和历史人物、现实中的人物也有不同。文学作品中的人物和情节都是作者遵循一定的艺术规则,利用语言创作出来的。作家依据艺术规则,在作品中创造出一个虚构的世界。历史学家也要遵循一定程序才能获得研究结果。他们的工作首先是从收集历史资料开始。这些资料包括人类在过去活动中遗留下来的各种证据——文字和口述资料、美术作品、照片和电影等。他们通过对这些资料的发现、收集和深入探讨,得出自己的研究结果。这一过程具体包括:首先,对收集到的历史资料进行批判性的阅读,确认事实。其次,深入探讨其内在意义上的相互关联。最后,以清晰优雅的语言重新描述出这种内在关联。这其实就是历史学家的任务。[3] 从上述文学和历史学本质和任务的论述中,我们可以清楚地发现,作家的虚构和想象力构成了文学的核心,而历史学

---

[1] 勒内·韦勒克,奥斯汀·沃伦:《文学理论》,刘向愚、邢培明、陈圣生、李哲明译,浙江人民出版社,2010年版,第13页。
[2] 同上。
[3] 参见利奥波德·冯·兰克:《历史上的各个时代——兰克史学文选之一》,(德)约尔丹、吕森编著,杨培英译,北京大学出版社,2010年版,第11页。

则是以追求事实,构建对过去的解释为其最重要的目的。两种学科在本质上存在着明显的区别。

马克思主义文学批评理论中亦包含了大量探讨文学与历史关系的观点。特里·伊格尔顿(Terry Eagleton)在其专著《马克思主义与文学批评》中,详述了马克思主义文学批评如何解读文学与历史的关系。他首先说明"马克思主义批评的目的是更充分地阐明文学"。[①] 因此,对文学作品的批评不仅要注重作品内容,也要重视作品的形式、风格和含义,并且把形式、风格等也看作特定历史条件下的产物。他继续强调:"马克思主义批评的创造性不在于他对文学进行历史的探讨,而在于他对历史本身的革命的理解。"[②]"革命的理解"指的是马克思主义中最为著名的有关基础与上层建筑关系的论断。他认为在马克思主义理论中,艺术属于上层建筑的范畴,是社会意识形态的一部分,而理解文学作品就相当于理解整个社会过程,"因为文学是其中的一部分"。[③] 而文学艺术虽为上层建筑的一部分,却不是直接、机械、被动地反映经济基础,它与上层建筑中的其他因素相互联系,相互作用,受经济基础的影响,也反作用于经济基础。艺术不直接推动历史进程,但它"却是改变历史进程的一种积极因素"。[④] 另

---

① 特里·伊格尔顿:《马克思主义与文学批评》,文宝译,人民文学出版社,1980年版,第6页。
② 同上,第7页。
③ 同上,第9页。
④ 同上,第13页。

外,在谈及具体的作家、作品和历史的关系时,伊格尔顿批判了"庸俗马克思主义",他认为艺术之所以会有超越时代的美学感染力,是因为作品和它诞生时的社会、政治、经济条件不是简单的一一对应关系,而是作家把作品所在时代的危机转化为一种"普遍"的语言,描绘了不同时代的读者都能领会的"共有的人类永恒状况的一部分"。① 因此,他阐明解读文学作品时,因为艺术作品和它所处时代的社会历史关系是间接的,所以不但要联系作家和作品所处的时代,更要明白作家所在的时代也是漫长历史发展的产物。② 最终,伊格尔顿总结了如何以马克思主义文学批评视角去看待文学与历史的关系,即"我们发现文学作品中的历史印记,明确的是文学的,而不是某种高级形式的社会文件"。③ 也就是说,文学中的历史书写具有明确的文学特征,不应被视为证明某个历史时代存在的文件。

"历史"通常是指历史学家对过去发生的事件和现象的记述。在此过程中,历史学家往往会使用文学中常见的写作形式——"描述"。从这点来看,历史学家书写历史的行为与文学家的创作行为并无实质性的区别。在文学作品中,作家也有可能利用历史事实来构建心目中的虚幻世界。具有现实主义、自然主义特征的叙事小说就

---

① 特里·伊格尔顿:《马克思主义与文学批评》,文宝译,人民文学出版社,1980年版,第20页。
② 同上,第17页。
③ 同上,第28页。

是明显的例子。熟悉现实主义作品的读者应能理解,现实主义不是把现实机械地复制到文学作品中去,德国的现实主义文学更是如此。德国的现实主义文学又称"诗意现实主义"(Der poetische Realismus)。这个概念由奥托·路德维希(Otto Ludwig)提出来并进行定义:在这种文学风格中,文学作品中的世界,是由创作的想象力呈现的世界;作家的想象力重新创造一个世界,这个世界不是所谓的幻想的、支离破碎的世界,而是完整的、体现了各种关系的世界。①"对诗意现实主义文学的定义,实际上是要避免文学成为对现实的直接、机械的反映。"②现实主义作家强调那种"直接、机械的反映"只是对现实的科学加工。而文学创作不同,它应当选择的是具有"诗意"的生活瞬间,通过幽默、夸张、隐喻等写作手段,艺术地反映现实。"'诗意现实主义'的目的是要保持文学表现的相对独立性及其特有的认识价值。在与被感知的现实的接触中,文学创造它自己的现实。"③同样地,历史作为过去真实发生的事件的集合,也属于现实的一部分。文学中书写的历史,应该是经过提炼、净化和艺术化的历史。

在德国重新统一后,德国的文艺界涌现出一批展现"二战"记忆的文学和艺术作品。文学界的学者也注意到了这

---

① 参见范大灿主编,任卫东,刘慧儒,范大灿著:《德国文学史:第3卷》,译林出版社,2007年版,第407页。
② 同上,第407—408页。
③ 同上。

股潮流。罗尔夫·舍尔肯(Rolf Schörken)认为,专业历史出版物之外的涉及历史书写的材料,如传记、小说、非虚构类书籍、电影电视作品自成体系,与历史学的科学研究一样,都是人类历史自我肯定中固有的一部分。① 他使用"现时化"(Vergegenwärtigung)和"再建构"(Rekonstruktion)来区分文学和历史学中的历史书写。其中,"再建构"代表历史学家的工作,因为他们在还原不存在的"过去"。而文学中的历史书写则是"现时化",它与"再建构"不同,通过填充人物和事件、关联和意义、问题和解决方案,提供地点等,它力求赋予过去一种新的存在,唤醒其新生命。②但两种不同的历史书写并非截然分开,而是互相交织。每一部历史著作,即便它的读者仅是一小部分专业人士,也总是包含着许多"现时化"的时刻;而如果"现时化"不遵从重构历史的真实原则,它就失去了意义。③

第二节 历史学中的历史书写

在前述的章节中,我们已对文学领域有关文学与历史关系的重要观点进行了梳理。其中包括不同的文学理论家、思想家,不同的文学流派对于文学中的历史书写所持有

---

① Rolf Schörken: Begegnungen mit Geschichte: Vom außerwissenschaftlichen Umgang mit der Historie in Literatur und Medien. Stuttgart 1995, S. 11f.
② Ebd., S. 12.
③ Ebd., S. 14.

的不同观点。然而,在历史学科的发展过程中,史学界又如何看待历史书写与文学的关系?在探寻史学界的相关观点时,必须要理清西方历史学发展的主要脉络。从历史学重要发展的阶段中,我们可以辨明众多历史学家对历史书写提出的核心观点,领会他们对历史与文学关系的解读。

首先必须要提及的是至今仍有巨大影响力的传统史学。自从古希腊历史学家希罗多德(Herodotus)所著的《历史》(*The Histories*)问世以来,历史学在西方开始形成一门独立的学科体系,希罗多德因此享有"历史之父"的美誉。进入古典时代之后,史学也随之转而面向世俗社会,求真的文风逐渐发扬。另一名著名的史学家修昔底德(Thucydides)曾批判他之前的纪事家、历史学家"所关心的不在于说出事情的真相,而在于引起读者的兴趣,他们的可靠性是经不起检验的"。[①] 而他要写一部信史,把写信史实录作为对史学家的基本要求,这是史学走向成熟的重要标志。[②] 后来的客观主义史学正是以修昔底德史学观念的形成为开端的。浪漫主义思潮构成了19世纪前半期西方思想界的一个最深刻广阔的背景。在这一时期,专业历史学家决心效法19世纪取得重大突破的自然科学,摆脱历史同哲学的模糊关系,使历史成为一门独立的科学。[③] 在此背

---

① 参见徐浩,侯建新:《当代西方史学流派(第二版)》,中国人民大学出版社,2000年版,第3页。
② 同上。
③ 同上,第13页。

景下,产生了以利奥波德·冯·兰克(Leopold von Ranke)为代表的19世纪西方史学。兰克作为这个时代历史领域最杰出和最有影响的代表,一直被西方史学界视为客观主义史学,即传统史学的集大成者。他通过一系列历史著述,展示了自己鲜明的客观主义历史观。在他看来,"历史学家的任务就是将事实是如何发生的说清楚。所以他的历史著述表现得很克制,他也极少在其中轻加断语,议论是非"[1]。深受兰克影响的一批又一批卓越学者,大多都忠于兰克的史学理论和方法,深究资料的来源,追求史料的原始性,推崇不偏不倚的研究态度,在近代西方史学中形成了声名远播的"兰克学派"。[2] 兰克学派对后世影响最大的是其史学方法,而其核心就是客观主义的研究方法。兰克提出,首先必须穷本溯源,重视原始资料,并且要对史料进行严密的考证和批判,辨别材料的真伪。[3] 此外,也是最重要的一点,即兰克学派倡导超然事外、客观公正的叙事态度。[4] 他们主张,历史书写不应表现出自己的个性特征,"要能在礁石之间行驶而不暴露自己的宗教信念或哲学信念"。[5]因为肤浅地对历史事件进行判定的做法,会将撰写者个人的主观性和倾向性带入到历史撰述中,最终不能反映历史真实。

---

[1] 参见徐浩,侯建新:《当代西方史学流派(第二版)》,中国人民大学出版社,2000年版,第16页。
[2] 同上,第19页。
[3] 同上,第20页。
[4] 同上。
[5] 同上。

随着人类社会进入20世纪,世界形势发生了巨大的变化,自然科学诸多领域也取得了重大突破。兰克学派传统史学稳固的地位受到了巨大的挑战。首先,历史学家引以为豪的历史学科的客观公正性频遭冲击。特别是在两次世界大战中,许多历史学家从狭隘的民族主义立场出发,为本国政府发动侵略战争进行辩护。之后,人们又发现在许多被历史学家认为真实可信的第一手政府文件中,竟然有不少是伪造的。这样的历史学与史学家追求的客观性已相距甚远。另外,传统史学还片面地夸大了历史研究对象的独特性、不可重复性,实际上否定了历史认识可以经历从具体到抽象、从个别到普遍、从特殊到一般的辩证发展过程。因为不能加入撰写者自己的分析和综合,史学家的任务只是通过对史料的批判考证,使历史事实成为精确的、可以实证的知识。这正是"科学的"传统历史学中"科学"的含义。也是依据这种对"科学"的理解方式,传统史学家认为,他们所从事的工作与人文科学是分开的。这样一来,传统史学便陷入了危机之中。一方面,它只强调史学的具体性、特殊性、个别性,而无法上升到普遍性、规律性的层面。另一方面,它拒绝了归纳和综合的分析方法,也反对社会运动和发展的规律和法则。这两点足以让人怀疑历史学是不是一门能够帮助人们认清过去,启迪人们理解现实和预知未来的科学,因为它的社会功能已丧失殆尽。渐渐地,反对以兰克为代表的传统史学的声音越来越大。事实上,即使在19世纪,传统史学虽然在西方史坛占据主导地位,但与兰克持有不同观点的学术派别始终存在。例如,伏尔泰就曾主张,"历史著作不应全是纯粹叙述性的事件史,而应是有分析有说明的结构的历史"①。除此之外,他还反对把历史只看作由政治、军事和外交内容组成的集合,反对以君王和伟人为中心的历史。强调主体认识作用的历史哲学派别,如其中的代表人物狄尔泰、克罗齐等,更是极力反对将传统的客观主义史学视为自然科学的观点,认为历史学应该同自然科学分开。②

　　传统史学在20世纪逐渐失势,各种新兴的历史学流派登上了舞台。在这一期间,诞生了一种将历史看作叙述的历史哲学观点。历史学类似于文学的叙事而非科学的分析,这是后现代主义历史哲学的一个重要观点。③ 历史现实只有通过叙事才能部分地保存下来,叙事让不依赖叙事主体存在的历史事件转变为了历史事实。新历史主义的代表人物海登·怀特(Hayden White)就将历史作品视为"以叙事性散文话语为形式的一种言辞结构"④,各种历史著述包含了一种深层的结构内容,它一般而言是诗学的,具体而言在本质上是语言学的。⑤ 在他的文章《评新历史主义》中,他进一步讨论了历史学中的历史书写不能归类于自然科学的原因:

---

① 参见徐浩,侯建新:《当代西方史学流派(第二版)》,中国人民大学出版社,2000年版,第36页。
② 同上,第58—59页。
③ 同上,第436页。
④ 海登·怀特:《元史学:十九世纪欧洲的历史想象》,陈新译,译林出版社,2004年版,第2页。
⑤ 同上。

首先,我们也许可以说,对于历史研究的每一种理论方法,都预先设定或要求有关某种历史现实的某种本文主义理论。这主要是由于这种历史的过去,如弗雷德里克·詹姆森所说,对于研究而言,"只能通过其预先存在的各种本文化形式"来加以把握,而不管它们是以历史文件记录的形式体现出来,还是以历史学家在研究这些文件记录的基础上,对过去发生的事件所做的叙述的形式体现出来。其次,这种关于过去的历史叙述本身也是基于这样一种假设,即对于过去事件的书面表达和本文化基本符合这些事件本身的真实。历史事件首先是真正发生过的,或是据信真正发生过的,但已不再可能被直接感知的事件。由于这种情况,为了将其作为思辨的对象来进行建构,它们必须被叙述,即用某种自然或技术语言来加以叙述。因此,后来对于事件所进行的分析或解释,无论这种分析或解释是思辨科学性的还是叙述性的,都总是对于预先已被叙述了的事件的分析和解释。这种叙述是语言凝聚、替换、象征化和某种贯穿着本文产生过程的二次修正的产物。只有在这个基础上,我们才能称历史为本文。①

---

① 张京媛:《新历史主义与文学批评》,北京大学出版社,1997年版,第100—101页。

正是基于这段重要的论述,怀特提出了他著名的"历史是文本"的观点。他坚持认为历史是与自然科学不同的"另一种认识",历史学应该努力彻底摆脱科学观念的束缚,回归"文史不分家"的人文传统,重建与文学的亲密关系。

综上所述,历史学的发展经历了从以兰克为代表的传统史学,到后现代主义史学,从极力撇清与文学的关系,到重新审视和重视与文学的联系这一嬗变过程。这一过程也向我们证实了史学和文学之间不可分割的关系。事实上,除了怀特所提出的历史叙事和文学叙事的相似性之外,《史学导论》的作者约翰·托什(John Tosh)总结出了历史撰写的三种基本方法:描述、叙事和分析。[①]重建过去,也就是在其全面性、具体性和复杂性上重构特定的历史阶段。历史学家在掌握的历史资料的基础上,运用叙述手法在读者面前描绘一种氛围或场景,营造一种直接经历的幻觉。这要求历史学家要像小说家或诗人那样运用想象力,尽力地去把握细节。事实上,在大多数欧洲语言中,"历史"一词通常和那些用于描述"故事"的用词相同,例如法语是 histoire,德语是 Geschichte。杰出的历史学家总是受到同时代作家的影响,在文字上下了许多苦功夫,才能使他们的著述展现出戏剧和生动的一面,并以此吸引公众的广泛阅读。虽然历史与文学的关

[①] 参见约翰·托什:《史学导论:现代历史学的目标、方法和新方向》,吴英译,北京大学出版社,2007年版,第126页。

系总是分分合合,然而,就历史学中的历史叙事内在构成特征来看,也就是从叙事的回溯性、选择性、顺序性、建构性来看,"历史文本将永远是一种解释,而不会是过去的真实写照,或对过去真实的'描绘'"。① 而"描绘"过去恰是文学舞台上的作家所为。

第三节 历史小说作为文学中历史书写的重要类别

当我们谈论文学中的历史书写时,历史小说这一文学类别是不可忽视的。不同的研究者都尝试过给这个体裁下定义。在《文学专业词典》(Sachwörterbuch der Literatur)中,历史小说的定义如下:

> 历史小说作为历史塑造的一种形式,描写的主要是历史事件和人物。在一种特别的形式中,用虚构的情节展示文化历史背景,在自由的散文创作中,按照所选素材的形式和叙述方式描绘个人的生平,或是一幅概括的历史图景。虽然作者意图让这幅图景尽可能地接近事实,但因为诗学创作的自由,它的真实性并不能完全被科学认可,但它直观、容易领会,

---

① Michele Barricelli: Historisches Erzählen: Was es ist, soll und kann. In: Olaf Hartung/Ivo Steininger/Thorsten Fuchs(Hg.): Lernen und Erzählen interdisziplinär. Wiesbaden 2011, S. 66.

并且是按照美学要点改造过的。①

这段定义表明，对历史的描写是历史小说区别于其他体裁最显著的标志。将一部文学作品划入某一特定的类别，意味着在众多可能的阅读方式中选择一种。历史小说这个类别有一个特点，也是所有被称作"历史小说"的作品所共有的：它们都在描述历史。② 正是这个看似微不足道的共同点，使得"历史小说"这个类别从更大的文学类别"小说"中独立出来。从新近研究历史小说的文章中来看，这个特点也没有发生根本性的改变。③ 除去这个极为重要的特点以外，其他一些更加细化的定义，都不能够普遍适用于所有的历史小说。

胡戈·奥斯特（Hugo Aust）对历史小说这一类别的定义相对较为传统。他将其定义为："历史小说用虚构的手段，生动地描绘了发生在过去的事情。"④奥斯特也试图继续细化定义。他认为，描述对象是"过去"（Vergangenheit）的这一特性，让历史小说同现实的时代小说（Zeitroman）、社会小说（Gesellschaftsroman）等类别区分开来。⑤ 但是他也发现，一般来说，"过去"是发生过的已经完结的一连

---

① Gero von Wilpert: Sachwörterbuch der Literatur. Stuttgart 2001, S. 344.
② Vgl. Ralph Kohpeiß: Der historische Roman der Gegenwart in der Bundesrepublik Deutschland. Stuttgart 1993, S. 29.
③ Ebd.
④ Hugo Aust: Der historische Roman. Stuttgart; Weimar 1994, S. 2.
⑤ Vgl. ebd., S. 2.

串事件。但距离现在多久才算作是"过去",学者们至今也未能达成共识。在探讨"虚构的手段"时,他认为虚构和叙事学方法是最为重要的"两种力量"。① 但是即便把这"两种力量"作为限定条件,也丝毫没有降低定义的难度,因为历史学家在撰写历史时,也渐渐注重这两种力量,并且历史小说也会刻意限制虚构程度和使用其他的叙述原则来替代叙事学方法。由于这些特点的不确定性,所以奥斯特细化定义的尝试最终归于失败。

科派斯(Ralph Kohpeiß)也给出了他对历史小说的定义:"历史小说是一种语言艺术作品,其特点是将历史中真实存在的人物或者事件融入文学虚构的框架之中。"② 而这个定义值得商榷的地方在于,这些真实的人物或事件在虚构的上下文中是否还能保持真实。因为在虚构的情节中,人物和事件不可避免地会与实际情况有所偏离。

格佩特(Hans Vilmar Geppert)考察了历史小说中最为关键的虚构和历史的关系后认为,历史小说的传统定义勾画了历史小说的"一般图像",但这些定义设立的共同原则却并不适用于具体小说的个案研究。③ 另外,19世纪以来对历史理性信任的动摇,民族观念的消逝,历史

---

① Vgl. Hugo Aust: Der historische Roman. Stuttgart; Weimar 1994, S. 3.
② Vgl. Ralph Kohpeiß: Der historische Roman der Gegenwart in der Bundesrepublik Deutschland, a. a. O., S. 30.
③ Vgl. Hans Vilmar Geppert: Der „andere" historische Roman: Theorie und Strukturen einer diskontinuierlichen Gattung. Tübingen 1976, S. 1 - 15, hier S. 1.

作为探险的虚伪性以及意识形态对历史小说的影响,多重因素都让历史小说的形式本身变得可质疑。① 历史小说在他的研究中范围覆盖更广泛。

关于如何区分历史小说与普通小说这个难题,德国历史小说家阿尔弗雷德·德布林(Alfred Döblin)在他的研究中指出"在历史小说和普通小说之间没有原则性的区别。历史小说第一是小说,第二它不是历史"。②

跟随英国著名历史小说家瓦尔特·司各特(Walter Scott)的步伐,德国文学界也涌现出一批优秀的历史小说家和历史小说作品。魏玛共和国时期就出现了一批拥有不同美学特色的历史小说。然而,历史学界却始终以批判的眼光审视着历史小说的快速发展。他们不仅认为历史小说缺乏艺术价值,而且还认定历史小说对待历史的态度随意且不够严肃。他们不仅批评历史小说中历史描述的细节错误,更主要的是批评历史小说作者处理历史题材的方式。③ 史学家认为,这种远离历史真实来源的冒险行为,将历史和虚构混淆的轻率做法,带来的是一幅扭曲、不真实的"历史图像"。因为历史学家一直抱有这样的信念,即要客观地展示过去的真实面貌,所以历史学的

---

① Vgl. Hans Vilmar Geppert: Der „andere" historische Roman: Theorie und Strukturen einer diskontinuierlichen Gattung. Tübingen 1976, S. 6.
② Alfred Döblin: Der historische Roman und wir. In: Ders.: Aufsätze zur Literatur. 1963, S. 170 – 171.
③ Vgl. Ralph Kohpeiß: Der historische Roman der Gegenwart in der Bundesrepublik Deutschland, a. a. O., S. 33.

科学性与历史小说的艺术性形成了鲜明的对比。

在客观历史主义的权威性不断地受到挑战之时,作家和文学评论家也纷纷加入批判传统历史学书写观念的行列。德布林曾就历史小说与历史学中的历史书写发表独特见解。他在文章《历史小说与我们》(*Der historische Roman und wir*)中指出,"当我们将目光集中在历史学上时,我们就可以肯定:诚实的只有时间顺序。人们从排列数据起就开始利用一些手段了。明确地说,人们谈论历史是有目的的。在这种情况下,我们才极尽谦虚地接近历史小说"。[①] 德布林用这段话阐明了他的观点,即艺术的历史书写与科学的历史书写之间的相似程度远比历史学家们承认的大得多[②],针对文学作品中历史描述的批评并无必要。现在的作家,特别是历史小说家,并不追求与历史学家竞争。描述历史的作家确实希望能够传达他们对历史的理解,但他们的主要任务并非道出可证明的事实,而是旨在运用文学艺术特有的塑造手法,使其作品内容达到反思的层面。他们往往怀揣一种意识形态的批判态度,质疑常见的历史考察方式。例如,他们会质疑从胜利者角度出发的历史,也不赞同把历史看作与伟大人物行为相关的事件组合。从这层意义上来讲,德布林更偏向于把历史小说视为对历史学中历史书写的修正。

---

① Alfred Döblin: Der historische Roman und wir, a. a. O., S. 173.
② Vgl. Ralph Kohpeiß: Der historische Roman der Gegenwart in der Bundesrepublik Deutschland, a. a. O., S. 36.

作为马克思主义文学美学重要理论家的卢卡奇(Georg Lukács),也关注到了历史小说这一文学的重要议题,并在他的马克思主义经典文论著作《历史小说》中,尝试建构马克思主义形式理论,探讨经典历史小说的内容、形式、人物及其中蕴涵的历史意识等基本理论问题。

卢卡奇认为,经典的历史小说具备两个共同点,即从人物类型学角度提出的"中间人物"(Mittlere Helden)和关注大众生活的"人民性"(Volkstümlichkeit)。"中间人物"理论主要来源于著名历史小说家司各特作品中的主人公特征。据卢卡奇考察,"司各特小说中的主人公总是那种或多或少有些普通和平凡的英国绅士"①,而不是时代的引领者或者革命的发起者等这类"英雄人物"。相反,这类对历史有着重大意义的"英雄人物"只作为故事情节中的"偶发现象"出现。卢卡奇认为,"中间人物"大多被动参与了历史进程,不管身处怎样危机重重的时代,他们作为普通大众的代表,即使仅从经济角度来看,他们的日常生活也依然在继续。无论他们是否热情地参与历史发展,他们的日常生活都受到了历史变革方方面面的影响。② 在这个意义层面上,"中间人物"代表了民众生活和历史发展的这一面向。司各特及其后继者都希望借助这一主人公类型和对民众生活的整体描绘,勾勒出那些充满危机的重大历史转折时期的社会图景。

---

① Georg Lukács: Der historische Roman: Probleme des Realismus Ⅲ. Bd. 6. Neuwied und Berlin 1965,S. 39.
② Vgl. ebd., S. 45.

卢卡奇从"中间人物"这一人物类型出发，特别关注了其背后隐藏的经典历史小说的人民性原则。他以司各特及其代表作品为研究对象，发现作家史诗般的主题特征和创作方式与"人民性原则"有着密切关联。① "人民性"与"中间人物"理论紧密相连。例如，在司各特最重要的小说中，主角往往是那些在历史上半知名或不知名的人物，但因为他们存在于流传于世的经典历史小说中，卢卡奇认为他们与真正的历史人物一样具有永恒的存在意义。② 同时，这些在小说中发挥着引领性作用的角色恰恰也显示出了"人民性原则"，因为他们与大众生活直接交织在一起，也"通常被赋予了比众所周知的历史中心人物更加宏大的历史感"。③ 此外，卢卡奇的研究揭示，小说中描绘的历史氛围的真实性和可体验性也来自于司各特艺术中的"人民性原则"。④ 在小说中，司各特将历史上的巨大动荡塑造为大众生活的动荡。他创作的重点始终是展现重要的历史变革如何影响人们的日常生活，历史给人们带来的物质和精神变化，以及在人们尚未认识到这些变化产生的缘由时所作出的直接和激烈的反应。⑤

以卢卡奇的观念为代表的马克思主义历史小说理

---

① Vgl. Georg Lukács: Der historische Roman: Probleme des Realismus Ⅲ. Bd. 6. Neuwied und Berlin 1965，S. 46.
② Vgl. ebd.
③ Ebd.
④ Vgl. ebd.，S. 58.
⑤ Vgl. ebd.，S. 59.

论,同样适用于分析与历史小说相近的另一文类——社会小说(Gesellschaftsroman)。他曾多次在《历史小说》中提及历史小说与社会小说的共性。例如,他曾总结道:"司各特的历史小说是18世纪伟大的现实主义社会小说的直接延续。"①在提及司各特对后世作家创作的影响时,他表明,在司各特之后的社会小说"历史化"了,作家们被要求将自己所处的当下理解和塑造为历史发展的一环。②因此,卢卡奇认为,历史小说和社会小说的本质大同小异。虽然他的这一观点又有后辈学者从不同的角度予以批判。然而,不论是历史小说还是社会小说,卢卡奇有关历史小说的形式和历史意识的思考,都为解读包含历史书写的文学作品提供了一种重要的思考方向。

从上述卢卡奇对历史小说的考察来看,他并不执着于小说中的历史人物、事件、时间和地点是否与历史真实相吻合,而是强调了历史小说利用"中间人物"理论和"人民性原则"等艺术创作理念,彰显历史意识,构建真实社会历史图景的特征。

除了如卢卡奇、德布林等这类重视历史小说,反思其现实价值的学者、作家之外,也有对历史小说价值生疑的研究者。在德国法西斯专政时期,历史小说的价值被普遍质疑。③

---

① Georg Lukács: Der historische Roman: Probleme des Realismus Ⅲ. Bd. 6. Neuwied und Berlin 1965, S. 37.
② Vgl. ebd., S. 9.
③ Vgl. Ralph Kohpeiß: Der historische Roman der Gegenwart in der Bundesrepublik Deutschland, a. a. O., S. 40.

那时，人们渴望从包括作家在内的知识分子处，或是通过他们的文学作品获得对现实中政治事件的解读，而不希望他们将全部精力投入于对古典时期或者是中世纪历史的描绘中。① 库尔特·希勒(Kurt Hiller)是对历史小说的价值持否定态度的代表人物之一，他曾指责作家过于关注历史。起初是他在1935年召开的作家大会上，针对历史小说创作提出"今天的历史主义，从根本上来讲是一种纯粹的逃避，逃避现实，逃避思索，逃避责任"。② 面对这种质疑，一些回归历史考察的作家在反抗法西斯主义的同时，也思索着历史小说这个文类的实际功用。事实上，历史小说扮演着现实的政治历史启蒙工具的角色。一些研究者在研究了大量20世纪三四十年代的历史小说后断定，历史小说逃离现实主题的做法，虽被人诟病，但其实质与现实问题密切相关。③ 因为关于过去的知识有助于解释现状以及现在何以成为现在。人们对历史小说现实意义的要求中隐藏着他们对文学实用性的期待。作家在试图建立文学与实用性的关系时，履行了他们作为知识分子的义务。因为对过去的描述既要反映客观的历史进程，又要建立过去与现在之间的联系，所以历史小说之于

---

① Vgl. Ralph Kohpeiß: Der historische Roman der Gegenwart in der Bundesrepublik Deutschland, a. a. O., S. 40.
② Kurt Hiller: Profile. Prosa aus einem Jahrhundert. Paris 1938, S. 145. Zit. nach: Ralph Kohpeiß: Der historische Roman der Gegenwart in der Bundesrepublik Deutschland, a. a. O., S. 40.
③ Vgl. Ralph Kohpeiß: Der historische Roman der Gegenwart in der Bundesrepublik Deutschland, a. a. O., S. 41.

作家,并非是追忆过去美好世界的场所,而是一个他们理解现实的工具。他们创作的基本原则是将现实问题转化并融入历史书写中。例如,德布林就常常从贫困和被压迫阶层的视角书写历史,他将这样的历史叙述与从统治者角度书写的历史对立起来。与官方历史相反,他书写的是日常生活中痛苦和不公正的"另类"历史。在法西斯政权控制德国期间,流亡作家的历史小说赋予人们勇气,向人们预告法西斯主义是可以战胜的,更好的未来是可以到来的。因此,作家关注历史,并非逃避现实问题,而是从过去的经验中寻求未来发展的路径。

历史小说作为一种特殊的叙事文学类别,集中体现了文学中历史书写形式的多样性以及书写目的。与历史小说相比,一般小说中的人物和情节可能具有更大程度的虚构性,但这并不妨碍作家通过回忆历史来表达自己对于过去以及现实社会的思考。

通过以上对历史学与文学关系的讨论,可以确定一点,即文学中的历史书写和历史学中的历史书写存在明显区别。无论是从文学与历史关系的演变,还是从历史小说这一特殊类型来看,文学中的历史书写都有其特殊价值,不应因其虚构成分而被学界边缘化。相较于历史学,文学中的历史书写不仅仅是对历史学中具体时代、具体事件相关记录的有益补充。更重要的是,它以一种以小见大的方式,反映了历史学中常被忽视的社会生活细节和整个社会的发展历程。

第二章 克里斯托夫·海因作品中的历史书写

第一节 克里斯托夫·海因对本雅明历史哲学思想的接受

纵观德国文学史,许多知名作家都深受经典或者是同时代的哲学思潮和哲学家的影响。海因在大学求学期间,由于他的出身和在西德的学习经历,无法选择自己热爱的艺术专业,最后选择了哲学。既然接受了哲学的洗礼,他的作品理应带有一些哲学色彩。但他在1986年接受雅希姆扎克的采访时,当对方问及哲学学习对他的创作是否有影响时,他却这样答道:"如果这个专业有影响的话,那么它是以一种令人不愉快的方式施加影响的。正是在大学期间,我不得不停止写作,甚至在学业结束后一年我都没有写作。这样的大学学习没有给我的工作带来积极的影响。"①然而,他的创作果真如他本人所说,没有受到丝毫哲学思想的影响吗?答案是否定的。这一点,在与海因相关的一些访谈资料和他本人的杂文中均有体现。海因的作品不仅蕴含哲学理念,而且可以肯定的是,这些哲学理念和德国哲学家瓦尔特·本雅明历史哲学观念十分相近。其实,本雅明对海因的影响不仅仅体现在哲学方面,他的叙事学思想和文风也对海因的创作产生了很大影响。

海因与本雅明的思想有着许多相似之处,甚至连他们的身世也有一种微妙的联系。作为德国著名的哲学家、文学评论家和翻译家,本雅明一生著作颇丰,有"欧洲最后一位知识分子"之称。他出身于柏林一个富有的犹太家庭,他的思想深受犹太喀巴拉教派的影响②。理查德·沃林(Richard Wolin)在其著述《瓦尔特·本雅明——救赎美学》(*Walter Benjamin: An Aesthetic of Redemption*)中指出,本雅明对犹太教神秘主义学说涉猎很深,文学作品是他与哲学真理和宗教沟通的桥梁。③ 此外,沃林还发

---

① Lothar Baier: Wir werden es lernen müssen, mit unserer Vergangenheit zu leben. In: Christoph Hein. Texte, Daten, Bilder. Frankfurt am Main 1990, S. 50.
② 喀巴拉教派属于犹太教神秘主义体系,发展于12世纪以后。所谓"喀巴拉",在希伯来文中为"承袭"或"传授"之意。喀巴拉派主要典籍为《佐哈尔》(即《光辉之书》)。《佐哈尔》以及喀巴拉派其他典籍之精义,在于泛神论的神祇观念,亦即确信:神是无限的、无定形的存在,无任何属性可言。喀巴拉派执著于种种数字组合,并沉溺于种种法术咒语等的组合。
③ 参见理查德·沃林:《瓦尔特·本雅明:救赎美学》,江苏人民出版社,2016年版,第27页。

现,本雅明曾在不同场合与阿多诺和马克思·吕西纳沟通时表达:只有熟悉喀巴拉的人才能读懂他《德意志悲苦剧的起源》(*Ursprung des deutschen Trauerspiels*)艰涩难懂的序言。① 海因虽然不是犹太人,但他的故乡西里西亚地区曾是犹太人聚集区之一,而他的妻子克里斯安娜也出身于一个犹太家庭。基于这些原因,他本人对犹太宗教以及文化也相当熟稔。本雅明在其后期的著作中表现出了对历史唯物主义和马克思主义的强烈兴趣,这些思想对于后来居住在民德的海因来说,都再熟悉不过。海因和宗教的渊源也颇深,他出身于一个有着新教信仰的家庭,父亲是一位牧师。由于上述千丝万缕的联系,本雅明的思想在海因的写作中留下了不可忽视的烙印。其中,海因的《梅尔策尔的棋手去了好莱坞》(*Maelzel's Chess Player Goes to Hollywood*)(以下简称为《梅尔策尔》)一文,直接显示了两人之间的思想交汇。

在这篇文章中,海因对本雅明的作品《机械复制时代的艺术作品》(*The Work of Art in the Age of Mechanical Reproduction*)(以下简称为《艺术作品》),尤其针对作品中阐明的艺术生产观念以及本雅明对艺术发展的期望,做出了自己的评价。《艺术作品》是本雅明引发争议最多的作品之一。他在文中阐明了在新的生产条件下艺术的

---

① 参见理查德·沃林:《瓦尔特·本雅明:救赎美学》,江苏人民出版社,2016年版,第38页。

发展变化，进而强调了机械复制技术对艺术发展的决定性影响。艺术品的复制其实由来已久。在机械复制手段出现之前，能够接触到艺术的人少之又少，基本只限于精英阶层。艺术品对于大多数人来说是"奢侈品"，是他们崇拜的对象。在机械复制手段出现以后，艺术作品才得以广泛传播，人们可以轻易地获得伟大艺术作品的复制品，近距离地观赏它们。艺术作品的"光环"消失了，它的崇拜价值大幅下降。随着摄影技术的出现，艺术作品的"展览价值开始全面取代崇拜价值"。① 艺术领域因此发生了巨大的变化。本雅明将摄影和电影艺术视作这种机械复制时代的典型艺术形式。

海因在《梅尔策尔》一文中写道，他将本雅明的《艺术作品》视为其希望的纪念碑。② 海因首先记录了自己对"梅尔策尔的棋手"这一故事的理解。"梅尔策尔的棋手"③是奥

---

① 瓦尔特·本雅明：《启迪：本雅明文选》，汉娜·阿伦特编，张旭东、王斑译，生活·读书·新知三联书店，2008 版，第 243 页。
② Vgl. Christoph Hein: Maelzel's Chess Player Goes to Hollywood. In: Ders.: Die fünfte Grundrechenart. Aufsätze und Reden. 1987 – 1990. Frankfurt am Main 1990, S. 15.
③ 梅尔策尔的棋手：又称土耳其行棋傀儡，是奥地利的沃尔夫冈·冯·肯佩伦(1734—1804)在 1770 年为取悦玛丽娅·特蕾西娅女大公而建造并展出的，可以击败人类棋手，以及执行骑士巡逻，就是将马放在棋盘上，使它走遍棋盘上的每一格。土耳其行棋傀儡因其外观而得名，实际上是假象，让一位人类棋手藏身其中。因为藏匿之人都是下棋高手，因此傀儡总是能赢得棋局。它从 1770 年首次展览到 1854 年毁于大火的 84 年期间，被带到欧洲和美洲各地展览，击败了不少挑战者，包括拿破仑·波拿巴和本杰明·富兰克林等著名的政治家。虽然期间有很多人怀疑过傀儡里有人，但其秘密直到 1857 年才在《国际象棋月刊》中正式披露出来。

地利人沃尔夫冈·冯·肯佩伦(Wolfgang von Kempelen)发明的自动下棋装置。后来被人拆穿,这个装置实际上是由人操纵的,自动下棋只是个骗局。这个故事也出现在了本雅明遗作《历史哲学论纲》的开篇。海因提及这一故事是为了点明,现代的科技发展早已超越了本雅明的想象。在"梅尔策尔的棋手"这一发明出现两个世纪之后,我们已经不仅仅只在对弈时面对的是自动机械。海因举的例子正是20世纪最伟大的发明之一——计算机。这一完美的机器让很多人产生了不理智的恐慌情绪。尽管人们用"进步"来称呼科技的发展和新事物的诞生,但科技飞速发展带来的不适以及随之产生的一些令人不安的新事物,逼迫人们躲进理智所无法到达的领域。同时,这种不适让人们重新认同传统价值,并在这种认同的过程中寻找自我救赎的途径。

面对科技如此快速的进步,本雅明在《艺术作品》一文中表达了他对技术进步的巨大期望。他希望技术进步可以带动艺术领域的深刻变革,让艺术可以脱离仪式,超越传统,突破小众。本雅明在推测20世纪的艺术发展前景时,寄希望于艺术作品的可复制性。"因为它让事物的权威、虚假的表面、光环都动摇了。他(本雅明)在可复制性中看到的是传统价值的消失,对狂热崇拜的摆脱,以及它们所谓的自主性的终结。"① "本雅明所希望的是艺术的

---

① Christoph Hein: Maelzel's Chess Player Goes to Hollywood, a. a. O., S. 15.

社会功能的根本变革。"①通过变革,艺术不再依赖它的源头——仪式。海因通过一系列的论证揭示了本雅明的希望是多么不切实际。海因使用了一个概念——"心之理智"。在他看来,这个"心之理智"与我们所熟知的理智概念截然不同。它指的是理智所无法到达的内心领域。他说:"这个心之理智限制了人类的理智,只给它有限的权利。"②"心之理智"的内容包括宗教、哲学以及艺术。海因强调了艺术传统的重要性、艺术的历史价值以及它的延续性。正是这种延续性让我们能够保留艺术的传统。虽然科学领域发生着翻天覆地的变化,但无论这种变化对人类的生活质量带来多大的提升,人的内心在面对前所未见的新事物时,都会感到不安和恐惧。人们带着这种不安回归"心之理智"的领域。艺术中蕴藏着过去的传统和价值观。它们是艺术重要的特色,经过上百或上千年的时间,沉淀在艺术内部,不会随着时间的流逝而消散。它们不会像科技发展过程中出现的某些事物那样,当更新、更高级的替代品出现时就失去价值。因此,"过去多个世纪中产生的艺术,从总体上来说是不能被取代的"③。我们的教育是植根于过去,也就是说,我们的教育以教授和学习过去传承下来的知识为主,因此人们对于艺术品美学价值的认同,也通过这种代代相传的教育模式得到

---

① Christoph Hein: Maelzel's Chess Player Goes to Hollywood, a. a. O., S. 9.
② Ebd., S. 11.
③ Ebd., S. 13.

了加强。历史、过去、传统这些为人们所熟知和接受的东西,比起新事物所引起的内心不安,人们更倾向于回归到与过去和传统密不可分的艺术领域。无论科学如何发展,艺术都不能完全与过去割裂,所以本雅明所希冀的脱离源头、超越传统的艺术并不存在。

海因认为,本雅明在不断地为技术复制感到兴奋时发表的言论,恰恰点明了他的希望归于破灭的原因:被复制的艺术作品变成了为可复制性而设计出来的艺术作品。[①] 海因谈道,计算机发明以来,那些向公众敞开的,超越了国家界限和个人兴趣的首先不是艺术,也不是机械可复制的艺术,而是计算机这种机器本身。[②] 按照本雅明的想法,计算机的大量推广不仅有助于肃清艺术传统,而且可以帮助人们鉴别流传下来的艺术作品价值的高低。依照他的期望,随着科技的发展,艺术的创作者和消费者应该不再分离。人人都有权利和机会进入艺术领域,并参与艺术创作的过程。相反,海因却认为,技术发展的潮流已经大大盖过了艺术的光环。艺术作品通过其可复制性而被大量传播。这一事实带来的结果不是艺术的民主化,而是以市场为主导的国际化的"康采恩"(Konzern),它们制作、复制和传播艺术产品。好莱坞就是一个例子。

[①] 瓦尔特·本雅明:《启迪:本雅明文选》,汉娜·阿伦特编,张旭东,王斑译,生活·读书·新知三联书店,2008版,第240页。
[②] Vgl. Christoph Hein: Maelzel's Chess Player Goes to Hollywood, a. a. O., S. 17.

"好莱坞不仅仅用它的复制品来淹没世界,并且通过这些复制品传播它的意识形态和美学价值观"。① 海因用好莱坞制作的电影以及现今的电视剧为例,说明这些作品采取的都是固定的模式,展现的是机械化、流水线产品的特性。② 好莱坞在意的不是它产品的艺术价值,而是销售量和市场。因此,海因认为,在现今这个时代,利益才是艺术的基础。艺术作品已经变得如同任意一种工业产品一样。艺术的复制不仅在科技方面,并且还在政治方面影响着艺术作品的生产。现代社会的大众艺术已经远离了真正的艺术和现实。接受着千篇一律的艺术复制品轰炸的人们,已经无法真正地感受艺术作品的美。在这种情况下,人们只能期待一种艺术,那种逃避机械复制工业或被这种工业视为不值钱的艺术。于是海因得出了这样的结论:艺术作品的机械复制,最终并不能祛除人们对艺术的狂热崇拜,也不能让人们实际地接近艺术作品,而只是让市场变得无处不在。③ 本雅明的希望并未实现。

其次,海因还指出,除了市场决定艺术的机械复制之外,还有一些地方是国家决定和监督艺术作品的机械复制。在这些地方,市场的价值并未被认可或者只得到了部分承认。④ 虽然海因在文中没有点明这些地方具体指

---

① Vgl. Christoph Hein: Maelzel's Chess Player Goes to Hollywood, a. a. O., S. 19.
② Ebd.
③ Ebd., S. 29.
④ Ebd., S. 31.

哪些国家,但是从上下文中可以推断,其中包括他本人曾经居住过的民主德国。在这里,为了控制艺术作品的复制,国家政权扮演着审查者的角色。当有新的或者是其他的价值观生成时,为了保护这些新的价值观,就有了官僚主义。官僚机构通过他们无所不在的管理和不断改变的规定,监督着艺术作品的复制。艺术作品就这样被政治化了。

最后,海因得出结论:机械复制时代让艺术作品成为了市场或者官僚主义的工具。这工具的品质,不能从获得它的消费者数量上来判定,因为更大的公开性是以更多的限制为代价的。① 市场和审查者决定着艺术作品大量出现,而不是市场自由和有艺术鉴赏力的资助者。② 虽然,海因用种种论据论证了本雅明的希望在现今社会中的落空,有着这样让人沮丧的经验,但他仍然希望本雅明的愿望能够实现。他和本雅明一样,一方面对社会和艺术的变化持有批判的态度,另一方面仍始终希冀两者在未来能有所改善。

海因在文章末尾以本雅明对保罗·克利(Paul Klee)③画作《历史天使》(*Angelus Novus*)的描述作结。本雅明

---

① Vgl. Christoph Hein: Maelzel's Chess Player Goes to Hollywood, a. a. O., S. 33.
② Vgl. ebd.
③ 保罗·克利(1879—1940):德国画家、版画艺术家。他出生于一个瑞士艺术家庭。作品风格多样,受到印象主义、结构主义、立体派、野兽派等不同艺术流派的影响。

的这段描述主要是批判传统的"进步"思想。海因在这里引用这段话也基于相似的目的。科技的进步,让艺术作品的机械复制变得更为容易,公众与艺术及其复制品之间的距离也因此大大拉近。但是科技并没有真正地推动艺术的实质性发展,它带来的只是大量的复制品以及为了复制而创造出来的艺术作品。艺术作品的生产,皆由市场利益和国家利益决定,而公众从海量的复制品中并不能真正地获得美的体验。从艺术作品的机械复制来看,进步并不意味着社会的所有方面都在向一个更好更完善的方向发展。海因赞成本雅明《历史哲学论纲》(*Über den Begriff der Geschichte*)一文中表达出的进步观念,并以此来反驳了本雅明在《艺术作品》一文中强调的观点,即科技的发展能够促进艺术进步。本雅明两篇作品的写作时间有先后,重点也不尽相同,这期间他的思想也发生了许多变化。有学者认为,本雅明对于技术的过分强调源自本雅明当时心理上对新发明的迷恋。[①] 但这种迷恋,并不是本雅明撰写《艺术作品》一文最主要的动机。他的主要目的是揭示法西斯主义意识依赖并滥用旧的艺术概念,例如形式、风格、天才等概念。因此,他呼吁人们重视新技术带来的新变化,以摆脱传统艺术概念的束缚。而在《历史哲学论纲》中,本雅明通过克利的画意图批

---

① 参见温恕:《从〈机械复制时代的艺术作品〉看本雅明的艺术生产思想》,载《重庆师范大学学报(哲学社会科学版)》,2004 第 3 期,第 68 页。

判人们在进步名义下对过去和传统的遗忘。海因在理解了本雅明这两篇文章的精髓后,得出了这样的结论:本雅明对艺术发展的期望,在20世纪的社会条件下无法实现。

海因对本雅明思想的批判和接受,在《梅尔策尔》一文中表现得淋漓尽致。除此以外,海因对本雅明思想的接受更多地表现在他将本雅明的思想巧妙且隐蔽地融入自己的叙事作品当中。对海因影响最深的当属本雅明的历史哲学思想以及他的叙事学思想。本雅明在他的两篇论说文《历史哲学论纲》和《讲故事的人》(*Der Erzähler*)中,系统地阐明了他的这两类思想。

第二节 本雅明的历史哲学以及叙事学思想概要

本雅明于1940年写就《历史哲学论纲》。在这篇文章完成后不久,他由于遭受法西斯的迫害,在西班牙边陲的一个小镇上自杀了。这是他生前留下的最为珍贵的文章之一,对总体把握他的作品来说,其重要性毋庸置疑。他本人有一句评语说明了这一点:"它们是其保守了20年的秘密。"[①]虽然本雅明在他的全集中数次直接或间接

---

① 理查德·沃林:《瓦尔特·本雅明:救赎美学》,吴勇立,张亮译,江苏人民出版社,2016版,第264页。

地表达了他对历史的看法,但这篇《历史哲学论纲》则最为集中也最为系统地记录了他的历史哲学思想的精髓。然而,他本人却无意公开发表这篇论说文,他认为,"它们将打开狂热的误解之门"。① 因为这篇论说文虽然篇幅不长,但是涉及了众多内容。其中包括他对神学与历史哲学关系的讨论,对历史主义的反对,对历史唯物主义的部分批判和部分支持,他独特的历史时间观念以及"碎片的艺术"。另外,值得关注的是,正是在他生命结束前不久,纳粹德国和苏联签署的《苏德互不侵犯条约》催生了他这些重要的观点。② 他带着对纳粹德国历史走向的预判,"把这些文字托付给了未来"。③ 接下来的章节将简要介绍本雅明对作家海因影响较深的几个论题。它们分别是历史时间观念、本雅明对于"进步"概念的批判、对历史主体的定义以及"碎片"的构想。

一、弥赛亚时刻:本雅明的历史时间观念

本雅明的历史时间观念基于对传统历史主义的线性时间观的批判。历史主义把对人类历史进程的客观性描述作为主要任务,将历史按照发生学的年代顺序放置在过去、现在和未来三个连续的客观线性时间维度上。"历

---

① 理查德·沃林:《瓦尔特·本雅明:救赎美学》,吴勇立,张亮译,江苏人民出版社,2016版,第264页。
② Burkhardt Lindner(Hg.):Benjamin-Handbuch:Leben-Werk-Wirkung. Stuttgart 2006,S. 7.
③ Ebd.

史是由发生在永远不再存在的过去、马上驶向过去的现在和尚未存在的未来三个连续客观时间段的事件构成的。"①过去、现在和未来各自独立。历史由过去发生的客观事实构成。而历史学家的任务便是客观地再现过去发生的事实。历史主义的历史建筑在这样一种单向连续、没有中断又不可逆转的线性时间观念之上。在这样的理解下,过去就是永远过去了,与现在人类的生活几乎切断了联系,与未来的关系也十分疏远。这样的历史观不能为人类继续前进的道路提供任何指引。

本雅明则发明了另一种全新的时间观念。他在《历史哲学论纲》第三节的开头指出"一个不分大小记述事件的编年史作者,所遵循的是这样一条真理:对于史学来说,过去发生过的任何事情都没有消失"。② 在他看来,过去不像物理主义和历史主义所述,已经完全逝去,与现在和未来无关。在人类的实践活动中,过去和未来都在现在之中发挥作用,未来也孕育在过去之中。本雅明在文中使用了一个新的时间概念"当下"(Jetztzeit)。他在第十四节的开篇写道:"史学是这样一门学科,其结构不是建筑在匀质的、空洞的时间之上,而是建筑在充满着'当下'的时间之上。"③这个当下与现在不同,它被本雅明赋

---

① 纪逗:《本雅明的历史时间观念》,载《黑龙江社会科学》,2008年第4期,第48页。
② 瓦尔特·本雅明:《本雅明文选》,陈永国,马海良主编,中国社会科学出版社,1999年版,第404页。
③ 同上,第412页。

予了"弥赛亚"①的力量。他使用这个概念更新了线性历史时间观念,把时间观念同神学的起源联系起来。这种弥赛亚的力量,并非是宗教概念中仅在世界末日才会显现的一股神秘力量,也并非虚无缥缈的乌托邦。这种力量就存在于人类的历史当中,并且随时可能出现。每一个当下都是由过去和现在构成的特殊结构,都是具有弥赛亚力量的碎片。只有在这种结构之中,历史学家才能把某些事件、人物和事实与线性的时间顺序剥离开来,然后重新组合。"作为典型的弥赛亚时间的当下是整个人类历史的缩影,它与在宇宙中创造人类历史的角色重合。"②本雅明把当下和历史主义的线性同质时间对立起来。在他的理解中,现在与过去保持紧密关系,只有与非常确定的过去的瞬间发生联系时,才会变成"当下"。按照沃林的理解,历史主义的时间观念等同于永恒轮回观念或者是神话,"当人的记忆力量失效,他就处于神话命运的支配之下,这就是说,他被迫重复"。③ 值得注意的

---

① 弥赛亚,即民族的领袖,将降临世间并救助犹太人挣脱异族枷锁。这一关于弥赛亚降临的观念尤隆盛于古罗马时期,成为犹太宗教前所未有的崭新特质(在此以前,举凡世间君主,无论是出身本族,抑或属于异邦,统称为"弥赛亚",意即"受膏者")。这一观念对基督教思想的兴起有着深远影响。
② Walter Benjamin: Über den Begriff der Geschichte. In: Erzählen: Schriften zur Theorie der Narration und zur literarischen Prosa. Frankfurt am Main 2007, S. 137.
③ 理查德·沃林:《瓦尔特·本雅明:救赎美学》,吴勇立,张亮译,江苏人民出版社,2016年版,第53页。

是，本雅明在第十四节引用了卡尔·克劳斯（Karl Kraus）在《信中的话》（*Worte in Versen*）（第一卷）中的一句话："起源即目标。"①当起源和目标合二为一时，时间就消失了。众所周知，是时间让它们联结和分离。在这样的理解下，历史的每一时刻都不是过渡阶段，也没有进步或是退步。每一个瞬间都是绝对的，每一个瞬间都是起源的复返。因此，本雅明才说："每一秒的时间都是一道弥赛亚可能从中进来的狭窄的门。"②历史主义那种只重视过去某一些特殊时刻的做法，在这里被废弃了。"现在更有效的是：历史的每一时刻都是决定性的时刻。"③

基于这样的时间观念，本雅明眼中的历史不是历史主义所认为的关于过去的知识。它是建构（Konstruktion）的对象，建筑在有着弥赛亚力量的无数"当下"之上。这个"当下"不再将过去、现在和未来截然分开，而是把它们糅合为一个有机的整体，使其不再分离。每一个"当下"各自独立，因此时间也不再是线性的连贯。对本雅明而言，现在与过去之间的联系不容否认。这层联系不会因为革命的颠覆而破裂，反而是由它产生。历史通常被认为是一种连续，而变革打破了这样的连续，开启了新的时间。因此，本雅明的历史观就是要求打断历史，要求时间

---

① Karl Kraus: Worte in Versen. München 1959，S. 59.
② 瓦尔特·本雅明：《本雅明文选》，陈永国，马海良主编，中国社会科学出版社，1999年版，第415页。
③ Ralf Konersmann: Erstarrte Unruhe: Walter Benjamins Begriff der Geschichte. Frankfurt am Main 1991，S. 153.

的不连续性和断裂。"当下"这一全新时间观念的提出,最重要的是显示了他对过去的重视,以及他对过去影响现在甚至是未来的确定。我们不能否定过去,因为我们心里已经装载着太多的过去,否定过去就相当于否定我们自身的一部分。

根据"当下"的时间观念,本雅明也为历史书写者提供了一种新的书写历史的方法。以往的历史主义者书写历史时,只满足于在历史上的不同时刻之间建立因果关系。本雅明所认同的是,历史学家"不再把一系列的事件当作成串的念珠去讲述",而是去把握自己的时代和"一个明确的、早先的时代所形成的结合体"。① 历史书写失去了单纯的重现特征,融入了"主动"和"创造性"的建构性原则,并以"非连续性"替代传统的连续性事件表达。② 只有这样,"现在"才是注入了弥赛亚时间碎片的"当下"。这个现在镌刻了过去的痕迹。

在强调过去影响深远的同时,本雅明也强调了记忆的重要性。他在1937年评论豪克海默的一封书信时,提出了自己的看法,他认为"历史不只是一门科学,而更等同于铭记的一种形式。科学断定的事情,铭记可以更改"。③ 另外,在《历史哲学论纲》一文第六节开篇,本雅明

---

① 瓦尔特·本雅明:《本雅明文选》,陈永国,马海良主编,中国社会科学出版社,1999年版,第414—415页。
② Sven Kramer: Walter Benjamin zur Einführung. Hamburg 2010, S. 118.
③ Walter Benjamin: Gesammelte Schriften, 7 Bde. Bd. Ⅵ. Frankfurt am Main 1982, S. 589.

写道:"用史学的方法述说过去,并不意味着去辨识它的'本来面目',而是牢牢抓住记忆,就如同它在危险时刻中闪现一般。"①这些语句,无疑证明了本雅明对于记忆的重视程度。本雅明后期唯物主义批评的一大主题就是记忆(Eingedenken)。面对合理化力量在现时代势不可挡、无止境的胜利,与此相伴而生的却是一切前现代的、传统生活痕迹的毁灭。本雅明担忧的是,过去中隐藏的救赎力量也会随着传统一起成为遗忘的牺牲品,"其结果就是一种可想象得到的、最空洞、最不完善的文明,一种没有起源、没有记忆的文明"。② 他提倡在过去之中发现救赎之光,也正是为了防止一个没有传统的、无所顾忌的新世界的降临。于是他在《历史哲学论纲》的最后写下了这样的句子:

> 我们知道,犹太人是被禁止探察未来的。然而,摩西五经和祷告却教他们记忆。这就剥去了未来的魔力——所有到卜卦人那里去寻求启示的人全都屈从于未来。然而,这并不意味着对犹太人来说,未来就成了匀质的、空洞的时间。因为每一秒的时间都是一道弥赛亚可能从中进来的狭窄的门。③

---

① Walter Benjamin: Über den Begriff der Geschichte, a. a. O., S. 131.
② 理查德·沃林:《瓦尔特·本雅明:救赎美学》,吴勇立,张亮译,江苏人民出版社,2016年版,第268页。
③ Walter Benjamin: Über den Begriff der Geschichte, a. a. O., S. 139.

由此可见，对于本雅明而言，历史从来不是封闭的、直线型的。主体的构建永远是历史的基础。对于这样的构建，记忆显得尤为重要。可以说，过去就是碎片式记忆的产物。

二、阻止进步：本雅明对于"进步"概念的批判

在批判传统历史主义的线性时间观念的同时，本雅明也对建立在这种时间观基础上的"进步"提出了质疑。历史进步作为一种理论体系，曾大大促进18、19世纪的西方史学发展。其主要观点包括：社会发展受规律支配，理性和科学是推动社会进步的动力等。[1] 自启蒙时代起，社会科学的主要领域基本根植于这种进步观念中。到了19世纪，历史进步观念获得了进一步的发展和传播。19世纪中叶，进步观已成为受过教育者世界观的基本组成部分。德国作家亨利希·海涅（Heinrich Heine）曾在《论德国宗教和哲学的历史》（*Zur Geschichte der Religion und Philosophie in Deutschland*）一书中表达过自己对进步的信仰，认为后世子孙的生活一定比他的时代更幸福。[2] 繁荣于这个世纪的传统历史主义，也把以欧洲为中心的无穷进步作为准则，相信人类社会会"天然"地进步，并且坚信这种进步会带来完美和圆满，这就是传统历史

---

[1] 参见何平：《历史进步观与18、19世纪西方史学》，载《学术研究》，2002年第1期，第82页。
[2] 同上，第85页。

主义的进步观。

本雅明对历史主义进步观的批判,首先显著地体现在《历史哲学论纲》第九节,他对克利的画作《历史天使》的描述中。海因在他的文章《梅尔策尔的棋手去了好莱坞》的结尾中也引用了这段让他印象深刻的文字。本雅明这样写道:

> 克利一幅名为《新天使》的画展现了一个仿佛要离开某种他正凝神审视的东西转身而去的天使。他展开翅膀,张着嘴,目光凝视。历史天使就可以描绘成这样。他回头看着过去,在我们看来是一连串事件的发生地,他看到的只是一整场灾难。这场灾难不断把新的废墟堆到旧的废墟上,然后把这一切抛在他的脚下。天使本想留下来,唤醒死者,把碎片弥合起来。但一阵大风从天堂吹来;大风猛烈地吹到他的翅膀上,他再也无法把它们合拢起来。大风势不可挡,推送他飞向他背朝着的未来,而他所面对着的断壁残垣则拔地而起,挺立参天。这大风是我们称之为进步的力量。①

在《历史哲学论纲》一文中,本雅明使用了两幅寓言式的图画来说明他的观点。一幅是出现在第一节中的梅

---

① Walter Benjamin: Über den Begriff der Geschichte, a. a. O., S. 133.

尔策尔棋手的图像，另一幅则是此处的《历史天使》。本雅明对梅尔策尔棋手这一图像进行了自己的阐释。与第一幅图像不同的是，在这里，他却把图像的阐释任务留给了读者。这位天使给人一种非常脆弱的印象，凝视的双眼、张开的嘴都证明了眼前所见给他带来的震撼。这阵不会停止的有力大风阻碍着天使，让他不能停下来，参与到他所目睹的灾祸当中，将已经发生的灾难变成未发生的或者改正它们。克利的天使所漂浮在其中的空旷空间，是被本雅明描述为历史时间的空间。天使背后的一切都象征着过去，他前方的所有则是未来。空间在这里是个明确的比喻。当世界上所有欣欣向荣的景象都普遍地不自觉地向时间屈服，天使的视线投向的方向显得格外不同寻常。他不是看向未来，而是回头看向过去，聚精会神地望着过去的废墟。过去只能通过回顾才能感知，而天使则被与视线相反方向的大风所驱赶。

从本雅明的描述中可知，历史天使频频回望过去，并不想被进步的大风直接推向未来。他对进步的推动力表现出了迟疑和拒绝。就像历史学家一样，这天使也是目击证人。他们都不能容忍对历史漠不关心的态度。本雅明也通过这幅画，再次强调了回忆过去的重要性。因为画面中出现的那阵驱逐天使的大风是从天堂吹来的，因此这幅图也带有某种神秘的气息。1922年，当本雅明用这幅图的题目作为一本杂志的题目时，他这样解释道，"根据犹太教的传说，在每一个瞬间都会产生无数个天使,他们对上帝唱完颂歌之后,就会停止一切活动,而后归于虚无"。① 本雅明在《历史哲学论纲》中描绘的天使,也是这无数个中的一个。他是发生过的事件的见证人。他徒劳地希望瞬间可以变长,时间的洪流可以静止下来。按照本雅明的思路,打断时间洪流的变革,只有在回忆过去的条件下才有可能出现。天使回过头去观望历史,历史预示着现在。于是,我们可以说天使就是现在的预言家。历史学家也应该是同样的预言家,他们从过去中寻找对现在的指示,而不是仅仅依靠进步的力量,盲目地迈向未来。历史学家本雅明并不想知道过去原本的模样。他想回忆起,那时什么是可能的。这一个个的可能性寓含着现在。"每一个现在都必须回顾过去,为的是预见自己。"②

除了对历史天使图像的描绘以外,对进步概念的批判构成了《历史哲学论纲》第十节到第十三节的中心。在这四节中,本雅明重点通过批判社会民主主义和法西斯主义,阐明了自己独特的进步观。他主张历史认识的主体是被压迫阶级③,这一阶级是推动历史进步的主要力量。他首先强调,历史认识的主体不是个别政治家。要推翻法西斯主义,不应该迷信某些政治家,更不要迷信旧

---

① Vgl. Ralf Konersmann: Erstarrte Unruhe, a. a. O., S. 123. Zit. nach: Walter Benjamin: Gesammelte Schriften, Bd. II. Frankfurt am Main 1972, S. 246.
② Ebd., S. 125.
③ Ebd.

的进步观。① 其次,他批驳了社会民主主义倡导的追随时代潮流的观念,指出这种紧跟科技进步的观念并未改变工人阶级受压迫、被剥削的本质。这种观念与法西斯主义的技术至上论调没有本质区别。追随科技的进步,意味着人在掌握自然方面胜于过去,甚至造成了人对自然的剥削,却并未改变工人受压迫和被剥削的本质。在此,本雅明意在呼吁工人阶级不要遗忘被剥削的事实以及他们的仇恨和牺牲精神,他们才是实现历史进步的主力。在第十三节中,本雅明更是直接总结并批判了19至20世纪初期主流进步观的三大特征:一是"进步"概念不依据事实,表达的是一种教条主义的主张;二是进步永无止境,与人类的完美相匹配;三是进步不可阻挡,自动开辟一条直线或螺旋的进程。② 因此,他认为,历史主义的"进步"概念等同于一种雷同和空洞的时间发展过程。③

  本雅明认为,历史主义的进步观是一种教条主义的主张,这种观念脱离实际,也脱离人的感性认识,夸大了理性认识。这种理性进步观既是因为启蒙运动崇尚理性的强大影响,也是16世纪以来历史学界对人类世界所取得的辉煌成就的总结。传统的历史学家通过对从古至今成就的观察,认为人类社会的发展呈现出一种上升趋势。因此,在19世纪,大部分的欧洲人极度崇尚理性,认为人

---

① Walter Benjamin: Über den Begriff der Geschichte, a. a. O., S. 134.
② Ebd., S. 136.
③ Ebd.

的理性同自然法一致，能够保证人的活动符合自然规律，并会带来人所预期的进步成果。那个时代科技的进步和人类知识的显著增长更是进一步加强了这种观念，如黑格尔和兰克都持有一种进步乐观主义的态度。这种进步观发展至本雅明的时代，演变成一种进步的"神话"。它宣告着，无论发生什么，所有的一切都在向"更好"的方向发展。

只要人们心中抱有期望，认为世界最终可以变得更美好，人们最终可以松口气，进步这一概念便不会消失。本雅明却坚决地反对进步这一概念，甚至认为它是毁灭性的和过时的。因为它已经沦为了一种僵化的意识形态，并且总是企图让历史痛苦的一面被人遗忘。除了历史主义者，进步的追随者也是本雅明批判的对象。本雅明始终认为人类是目的，而非进步的前提。真正的进步应是人类让自己从自动化发展的想法中解脱出来，有计划有意识地去形成自己的历史。阿多诺（Th. W. Adorno）也曾类似地表示，进步意味着"跨出桎梏，也包括天然的进步的桎梏"。[①] 在本雅明看来，进步，就是阻止进步。前一个为真进步，后一个则是伪进步，即阿多诺口中的"天然的进步"。这种进步带来的弊病，在本雅明自行结束生命之前，已经爆发式地呈现在了世人面前。一方面，技术的

---

① Th. W. Adorno: Fortschritt. In: H. Kuhn/F. Wiedemann (Hg.): Die Philosophie und die Frage nach dem Fortschritt. München 1964, S. 30. Zit. nach: Ralf Konersmann: Erstarrte Unruhe, a. a. O., S. 129.

飞速发展以及他所经历的两次世界大战,致使人破坏自然的速度加快,人与自然、世界的分裂日益加剧;另一方面,历史又是以无数的被压迫者、牺牲者的痛苦,甚至是生命为代价发展起来的。只有活下来的人、战胜者才有机会和资格书写历史。这样条件下写出的"进步史"对于本雅明来说是一部"灾难史"。

本雅明对历史进步观的批判有外部和内在原因。他所处的时代环境是他质疑传统进步观的直接原因。历史主义的进步观看似美好,实则弊端重重。在本雅明所生活的时代,对人的理性和科技的过度信任导致了法西斯政权在德国的崛起以及对犹太民族的迫害。本雅明本人不得不匆忙逃离德国,并最终在逃亡途中因恐惧被引渡回国,选择在西班牙边陲小镇以自杀的方式结束生命。而在我们所生活的现代社会,知识大爆炸不只推动了世界的发展,也给人与自然的和谐相处带来了巨大问题,同时加剧了世界各国间发展的不平衡,也因此国家间矛盾层出不穷。卢梭也曾写道,进步将在不久之后继续,以至于人们必须去保持进步,以控制它所顺带而来的弊病。① 他并非怀疑人们是否有力量实现进步,而是叩问传统意义上的进步是否能够给人带来更多的幸福和自由。在卢梭这里,进步的问题变成了进步质量的问

---

① Vgl. Voltaire: Korrespondenz aus den Jahren 1749-1760. Leipzig 1978, S. 71. Zit. nach: Ralf Konersmann: Erstarrte Unruhe, a. a. O, S. 129.

题。由此可见,仅有科技的发展无法保证历史的良性发展,人的理性并非万能,也不能保障人类社会迈向更美好的未来。

本雅明的历史哲学思想深受喀巴拉教派的影响,后期又接受了历史唯物主义思想,也使得他对进步神话逐渐产生了怀疑。他对喀巴拉教派的崇尚主要体现在他特别偏爱断片式的艺术作品,①例如悲苦剧、波德莱尔的《恶之花》等鲜明刻画人类社会堕落状态的作品,它们大都驳斥了历史生活中的和解假象。本雅明深以为,这些作品可以荡涤历史进步的幻想。他对历史唯物主义的接受主要体现在他所发展出的"停滞的辩证法"这一批评方法上。② 通过这一新的方法,他试图与启蒙运动以来的历史进步观划清界限。他批判后者的时间观是一种无穷、同质且空洞的时间观,历史发展只是量变,是把"新的废墟堆到旧的废墟之上"③。

通过对线性时间观和传统进步观的反驳,本雅明历史哲学的核心观点凸显出来。他认为,历史的主体是被压迫的人。本雅明不接受以进步为名义的历史进程,因为这种历史观仍然是从胜者和镇压者的角度去审视历史的过程。如果一段历史的一连串事实等同于镇压者,那

---

① 理查德·沃林:《瓦尔特·本雅明:救赎美学》,吴勇立、张亮译,江苏人民出版社,2016年版,第62页。
② 同上,第51页。
③ Walter Benjamin: Über den Begriff der Geschichte, a. a. O., S. 133.

么历史的不连续就等同于被压迫者。

只有把历史的主体理解为被压迫阶级,本雅明才能够回溯到丰富的过去。历史主体的确定属于历史哲学自我理解的范畴。历史的主体,从以维柯为开端的现代历史哲学的眼光来看,首先是全人类。就如马克思所言,这个主体创造历史,但是这种创造却是无目的的创造。人们只能在给定的条件中创造,没有其他选择。一方面人类重视实践,在实践中创造自己的世界;另一方面,人类又在实践中不断地重新调整他们进行实践所依照的规则。即使人们在某一阶段带着有意识的目标去行动,最终得出的结果,都不能同实际发生的事情完全吻合。现代社会所称的"进步",只是社会变迁的发展方向之一。特别是本雅明所生活的那个时代,那个似乎一切都要化成废墟的时代,让他无法再相信由胜利者书写的不断进步的历史,包括所谓的"进步"的发展方向。他将目光转向了被压迫者和失败者,那些被传统历史所忽略的普通人,希望从他们的角度重新审视和反思历史,找出能在这种绝境中救赎人类的力量。

三、"碎片"的构想:本雅明的叙事学思想

《历史哲学论纲》中反复出现的"碎片"概念,在本雅明的叙事学思想中也得到了进一步的展现。拉尔夫·科讷斯曼(Ralf Konersmann)在他的专著《凝结的不安》(*Erstarrte Unruhe*)的最后一章总结本雅明的历史哲学

思想时,采用了"碎片的艺术"作为这一总结的标题。科讷斯曼以《历史哲学论纲》为例,认为这篇论说文中的简短章节,就如同一片片碎片,被本雅明排列在一起。他的思路逐节展开,小节之间没有过多的过渡和修饰性语言。全篇文章未按照严格的顺序展开,而是瓦解成十分松散的内容组合。这种松散的内容与碎片化的形式相得益彰。碎片的形式与本雅明的历史哲学思想十分契合。正如本雅明在《历史哲学论纲》中所表达的观点,碎片化的形式可以使个体从它所属的众多内在关系中脱离出来,保证了它的相对自主和独立性,也就是它的单子存在。只有在这样的脱离了惯常关系网络的碎片中,人们才能发现那些至今一直被传统和继承所遮掩的事物。不仅仅是《历史哲学论纲》这篇文章,本雅明以文学和艺术为主题的论说文总是显现出文章构造上的随意、不确定和碎片式的特质。比如《讲故事的人》《机械复制时代的艺术作品》《论波德莱尔的几个母题》等名篇,篇幅都不长,但每篇都有10多个小节,小节之间无明显的衔接和过渡,每个小节的内容自成一体,相对独立。这样的特点加剧了理解他的语言的难度。他的作品就像是由众多碎片所拼成的拼图一样,而这个拼图并非马赛克般自由随意地堆集。在拼图游戏中,即使一时不能看清楚各个部分之间的关系和整个拼图的全貌,每一个部分也都是完整计划的一部分,都有它不可替换的位置。若想完成整幅拼图,每一部分都必不可少。

除了叙事碎片化这一典型的特征外,在《讲故事的人》一文中,本雅明更为系统地说明了他的叙事学思想。在文中,他主要论述了讲故事艺术在现代社会中的衰落。他强调了讲故事艺术的重要性,并坚信"作家必须首先学会讲故事"。① 那么,怎样才算真正地会讲故事？本雅明用小说的兴起对比讲故事艺术的衰落,说明了讲故事艺术的三大特征。首先,他认为讲故事者的创作源泉主要是口口相传的经验。② 长篇小说在现代初期的兴起是讲故事走向衰微的先兆。长篇小说更依赖书籍,它的广泛传播只有在印刷术诞生后才成为可能。那些口口相传的故事,是史诗留下的财富,其特征与小说完全不同。小说对比散文的其他形式,诸如童话、传说、短篇小说等,尤显不同。它既不来自口头传承,也不参与其中。所以,它与讲故事完全不同。其次,讲故事总带有实用性的目的,故事能够给听者提供建议。本雅明认为故事总是带有某种有用的东西——有用的建议、智慧的精髓,或者传统的道德。换言之,故事服务于生活。最后,由于讲故事前两个特征的存在,传统的经验也通过讲故事这种方式得到了交流和传承。本雅明表示,"讲故事的人有回溯整个人生的禀赋"③。这人生不仅指讲故事者自身的经历,也包括

---

① 瓦尔特·本雅明:《本雅明文选》,陈永国,马海良主编,1999年版,第294页。
② Walter Benjamin: Über den Begriff der Geschichte, a. a. O., S. 107.
③ Walter Benjamin: Der Erzähler: Betrachtung zum Werk Nikolai Lesskows. In: Erzählen, a. a. O., S. 128.

他人的经验,甚至连道听途说之事也应包含其中。因此,按照本雅明的观点,作家应该从口口相传的经验中获取创作灵感,并借助他们叙述的故事给人以生活上的启迪,将个人特殊的经验转化为一般经验,使之具有普遍意义。只有掌握了这些讲故事艺术的特点,作家才能创作出优秀作品。

本雅明还借助新闻报道与讲故事的比较,强调他对不附加过多心理分析的平铺直叙写作手法的赞赏。新闻报道是现代社会的重要传媒工具。"事实表明,它和小说一样,都是讲故事艺术面对的陌生力量,但它更具威胁;而且它也给小说带来了危机。"①原因是,本雅明认为新闻报道中含有过多的解释和分析成分。在阐明新闻报道给讲故事艺术造成威胁的原因时,本雅明以列斯科夫②的创作为例,因为他深谙讲故事的艺术。本雅明认为,"讲故事的一半秘诀在于:当一个人复述故事时,无须解释。"③只有当作家以此为原则进行创作时,他才没有将自己主观的分析和心理的联系强加给读者。读者便可以按照自己的理解去分析作品,得出自己的结论,不同的读者自有不同的观点。因此,叙事作品也就获得了新闻报道所无

---

① 瓦尔特·本雅明:《本雅明文选》,陈永国,马海良主编,1999年版,第296页。
② 尼古拉·谢苗诺维奇·列斯科夫(Николай Семёнович Лесков,1831—1895),俄国作家。
③ 瓦尔特·本雅明:《本雅明文选》,陈永国,马海良主编,1999年版,第297页。

法拥有的丰富性。在现代生活中,故事的智慧已被新闻报道的爆炸性发展所排挤。于是我们知道的更多了,但认识的质量却在持续下降,数量上的剧增永不能弥补质量的下降。新闻报道已不再直接涉及生活意义这种所谓的终极问题。在现代社会,新闻报道和讲故事都是保存和传承经验的重要形式,新闻报道的出现放大了经验的危机。本雅明对于新闻报道造成经验危机的预言,在今日的新闻媒体中不仅应验,而且问题显然更为突出了。现代社会快节奏的生活带给大多数人的更多是一种快餐式的阅读体验。新闻报道的作者目的并不在于引发读者的独立思考,传递某种经验,他们更在意制造话题,吸引眼球。他们甚至不关心自己所写是否与事实相符,只管添油加醋,字里行间充满了主观臆断。而大众又容易被极具煽动性的观点所迷惑,不假思索地把这些观点奉为真理。无数先例证明,这些观点通常扭曲了事实,不利于人们认识事物和现象的本质。从这一层面来讲,讲故事的艺术在现代社会遭遇的危机前所未有。为应对这种危机,本雅明给出的建议就是,作家如果想要创作出具有丰富意涵的叙事作品,应该保持一种不附加个人评价和心理分析的叙述风格。他强调,"没有任何东西比不掺杂心理分析且简洁细密的叙述风格能更有效地使故事长留于人们的记忆中"。[1] 作者应该放手让读者自己去感受和评判他的故事所传达的含义。

---

[1] Walter Benjamin: Über den Begriff der Geschichte, a. a. O., S. 110.

第二章 克里斯托夫·海因作品中的历史书写

问题是,究竟哪类作品能够体现本雅明心目中最佳的叙事风格呢?他特别赞赏编年史作者(Chronist)的叙事手法。在《讲故事的人》一文中,本雅明比照了史学家和编年史作者的叙述方式。他论述道:"史学家必须或这样或那样地解释他所处理的事件;他永远不会满足于把事件当作世界演进过程中的典型,把它展示出来。"① 而编年史作者"从一开始就把解释的重负从肩头卸了下来,不为故事提供任何可验证的解释"。② 他认为,编年史作者所做的事情应该是"解析"。解析并非把他所记录的事件按照顺序串联起来,而是"提供把事件镶嵌到世界的神秘大进程中的一种方式。"③编年史作者的这种特质,在讲故事的人身上得到了保留。本雅明所提倡的这种编年史写作方法,再一次与他的历史哲学思想产生了共鸣。编年史作者记录的事件,不是按照作家主观分析所得的内在联系来排列的。这些事件各自独立,就如本雅明在他的历史哲学中所提到的"碎片"一样独立。叙事作家所做的就是将这些"碎片"展示出来,让读者在阅读的过程中带着自己的记忆和反思将所看到的进行排列。"叙述者接受了传播者的任务,他没有他所传播的事情来得重要。"④

---

① Walter Benjamin: Über den Begriff der Geschichte, a. a. O., S. 115.
② 瓦尔特·本雅明:《本雅明文选》,陈永国,马海良主编,1999年版,第303页。
③ 同上。
④ Krista R. Greffrath: Metaphorischer Materialismus: Untersuchungen zum Geschichtsbegriff Walter Benjamins. München 1981, S. 80.

作为例子，本雅明引用了希罗多德的《历史》第三卷中关于萨米尼忒斯的故事。在这个故事中，萨米尼忒斯做了俘虏，而俘虏他的波斯国王想方设法要羞辱他。波斯国王让他看着波斯大军的胜利庆典，让他看到沦为女仆的妻女和庆典队伍中被押往刑场的儿子。萨米尼忒斯始终不动声色，直到他看到俘虏队伍中年迈贫困的老仆人。本雅明认为这个故事显示了讲故事艺术的真正特性。他这样评价道：

> 希罗多德没有作任何解释。他的叙述是极干巴的。这就是这个古埃及的故事之所以在数千年之后还能震撼人心、发人思索的原因。这就好比金字塔中的种子，陈放在塔中密不透气的墓室里，在千百年之后的今天依旧能够发芽生长。①

简言之，本雅明赞赏的叙事风格正是类似萨米尼忒斯故事中的编年史作者的风格类型，无需像史学家那样缕清事件的前因后果，做出自我分析和判断，把事件安放在历史进程中适当的位置。而是把自己的所见所闻记录下来，抛却解释，放弃评价，直接展示这些对构成历史进程来说重要的"碎片"，让读者根据自己的所感所悟自行

---

① 瓦尔特·本雅明：《本雅明文选》，陈永国，马海良主编，1999年版，第298页。

理解和排列这些"碎片"。

同时,本雅明在他的叙事理论中再次强调了记忆的重要性。如前所述,他希望作家能让讲故事这一重要功能得到保留,其中一个关键原因是,讲故事有助于经验的保留和传承。记忆是保存经验的重要途径,若想维护讲故事的艺术,记忆就变得不可或缺。"在希腊人心目中,记忆女神摩涅莫绪涅(Mnemosyne)是掌管叙事艺术的缪斯。"①在本雅明眼中,记忆也是作家所必备的禀赋。本雅明以最早的叙事作品史诗为例,认为记忆是史诗最重要的内涵。②只有凭借博闻强记,史诗写作才能融合事件过程,并能在事件淡出视线时,与死亡的威力和解。讲故事和写小说都脱胎于史诗,但记忆在这两种艺术形式中的显现方式却各有不同。小说作家需要的是长期记忆,讲故事的人则需要短时记忆。前者致力于描述一位英雄、一段历程、一场战役等;而后者则侧重于讲述众多散漫的事件。"短时记忆"和"散漫的事件"再次印证了贯穿本雅明叙事学思想的"碎片"式构想。讲故事的人依靠短时记忆记住的每个故事都像"碎片"一样独立,在每个片段中,又都可衍生出新的故事。这既是史诗的记忆,也是讲故事艺术的特点。

然而,记忆并不是永远都能找到一个继承者。"处理

---

① 瓦尔特·本雅明:《本雅明文选》,陈永国,马海良主编,1999年版,第304页。
② Walter Benjamin: Über den Begriff der Geschichte, a. a. O., S. 117.

这一遗产的是小说家。"①小说家在写作的过程中,根据既定目标对这个遗产进行创新性的改造,也就是创造性的回忆。只有在记忆中,人们才能把过去的生活作为一个整体来观察,继而才有对自己生活意义的预感。在重要的记忆中寻找意义,就像在过去中寻找对现在与未来的预言一样。

至此,本雅明的叙事学思想可归纳为以下几个核心要点:首先是贯穿其叙事学整体思想的"碎片化"特征。其次,他高度重视讲故事艺术,尤其赞赏编年史作者不偏不倚,放弃过多主观评价分析的叙事风格。最后,他强调记忆的重要价值。因此,本雅明的叙事学思想与他的时间观念和历史哲学思想一脉相承。由此反观克里斯托夫·海因的众多作品,不难发现他的创作理念与本雅明的历史哲学及叙事学思想存在千丝万缕的联系。

第三节 编年史作者:克里斯托夫·海因作品中的历史书写特点概要

对照本雅明的历史哲学思想和叙事学思想中的基本观点,我们可以清晰发现,克里斯托夫·海因的历史

---

① 瓦尔特·本雅明:《本雅明文选》,陈永国,马海良主编,1999年版,第305页。

观念以及书写历史的方法,都与本雅明的理念有众多相似之处。海因在谈及 20 世纪 80 年代的"史学家论战"(Historikerstreit)①时,曾以"不能逝去的过往"为题,详细叙述了他对历史书写、历史学家以及文学家的任务和文学家的影响的思考。其中,他说道:"我们必须和过去一起生存,它属于我们的生活,是我们的现在和未来的一部分。"②可见,他对过去的重视与本雅明如出一辙。此外,他在讨论历史学家、编年史作者和文学家的重要义务时,也表达了自己独特的见解。他认为,历史书写和文学并非是为了创造意义或者作为宗教的补充而存在,而是为了纠正片面、僵化的形象,必须提出不同于主流观点的意见。③ 作家作为他所在时代的编年史作者,无须顶礼膜拜,但是必须目光如炬,必须能够感知和记录一切,必须不带仇恨和热情,冷静而公正地去书写。④ 这就是海因对历史学家、编年史作者和文学家任务的理解。后来他的大量作品证明,这不仅是他思考的结果,也是他在文学创作实践中坚守的原则。

---

① "史学家论战"出现在 20 世纪 80 年代中期。源头是"新修正派"史学家诺尔特(Ernst Nolte)在 1986 年发表文章,认为"二战"结束已 40 年,但却始终未迎来真正的结束,历史成了"不愿过去的过去"。他指出纳粹大屠杀源于斯大林的恶劣榜样,并与战时盟国对德累斯顿、广岛等城市的空袭,美国在越南的战争相提并论。左翼自由派则反驳了这类观点,强调德国人应世代保持历史记忆并为纳粹罪行承担责任。

② Christoph Hein: Die Zeit, die nicht vergehen kann oder Das Dilemma des Chronisten. In: Ders.: Die fünfte Grundrechenart, a. a. O., S. 133.

③ Vgl. ebd., S. 137f.

④ Vgl. ebd., S. 138.

作为一位在民德成长起来的作家，海因如同同期其他许多民德作家一样，把大部分作品的背景设定于民德时期。即使民德业已消失，海因仍借助它的历史为小说人物的命运和情节的发展作铺垫。他的早期作品《陌生的朋友》《霍恩的结局》（以下简称《霍恩》），以及稍晚的作品《一切从头开始》和《占领土地》中的故事皆发生在民德时期，其中后两部均创作于两德统一以后。海因在创作过程中惯于回忆民德生活，作品中的人物也常常处于一种回忆的状态，这在《霍恩》和《占领土地》两部作品中表现得尤为明显。在《霍恩》一书的开篇，主人公霍恩已经去世，几位主要人物围绕霍恩的死展开回忆。他们各自回想霍恩其人其事，以及与他结识和发生联系的经历。20世纪50年代的民德社会政治以及当时人们真实的生活状态，随着人物的回忆逐步展现在读者面前。在书中的每个章节的开端，海因还特别设置了类似戏剧的开场白，以一段人物对话作为引子，直接呼吁书中人物和读者回忆过去。在第一章的开头便有如下对话：

——请你回忆。
——我试试。
——你必须回忆。
——时间久了。多少年过去了。
——你不会忘掉的。就在昨天。

——我还年轻。

……①

作品中这种对回忆的不断呼唤,是逝去的主角霍恩希望其他人能够记起自己以及自己的遭遇所作出的呼唤。霍恩呼唤众人回忆也可视为作者海因对记忆和回忆的直接强调。从《占领土地》的第二章开始,海因描绘了居住在古尔登堡(Guldenberg)小城里的五位次要人物和他们的经历。和《霍恩》类似,这里的五位叙述者也共同回忆了主人公哈贝尔(Haber)的成长历程。借助五个人物的回忆,读者在了解主人公生活经历的同时,也从侧面得以了解民德数十年的社会变化。海因之所以选择民德作为话题,不仅仅是因为与他长期生活在民德的环境中有关,而且作为"讲故事的人",他对过去和回忆的重视更是回应了本雅明对作家的期望。

海因的故事主要在民主德国的某个小城市展开。比如小城古尔登堡,是《陌生的朋友》《霍恩》《占领土地》三部作品中故事发生的主要场所。在他2021年最新的作品《古尔登堡》中,这个在民德随处可见的小城市直接成为了作品标题。《霍恩》的主角是霍恩,一名历史学家,因为在一次与统一社会党有关的工作中犯了"错误",失去了他在莱比锡大学的职位,来到了这个小城的博物馆继

---

① Christoph Hein: Horns Ende. Berlin und Weimar 1985, S. 5.

续工作。他始终隐藏在几位叙述者的回忆当中。其中一位叙述者克鲁施卡茨（Kruschkatz）是唯一知道霍恩之前经历的人。他为了自己的仕途离开繁华的大城市，来到了古尔登堡，结果却因为霍恩的自杀受到牵连，最终孤独地在小城的养老院度过余生。《占领土地》中的古尔登堡是位于战后民德地区的一座小城，主人公哈贝尔代表了战后来到民德的被驱逐者。刚来古尔登堡时，他一直遭到本地人的歧视，甚至是无理的欺负。最后，他凭借着坚韧的抗争，终于在这个小城市中出人头地，站稳脚跟。在新作《古尔登堡》中，这个小城市又成为了新时代民德地区，或者说是整个德国社会的缩影。这里既生活着腐化的城市发展部门负责人瓦尔特·利希滕贝格尔（Walter Lichtenberger），也有目中无人的企业家斯特凡·豪布里希-贝克尔（Stefan Haubrich-Becker）。后者在市政府拒绝他接管历史中心的一幢豪华建筑后，转而在自然保护区内建造了一栋别墅。在城郊的两层楼房里还居住着年轻的叙利亚和阿富汗难民。时过境迁，古尔登堡不断在海因不同的作品中作为故事发生的舞台，虽然国家的政治体制发生了巨变，这座小城市却并没有发生本质改变，道德败坏和卑鄙行径仍然影响着这个城市，映射着不同时期的社会现实。

　　海因在作品中专注于描绘生活在古尔登堡这样小城市中的普通人，关注他们的日常生活，他们遭遇的物质和精神生活的困境，这些困境通常与民德特殊的社会历史政治现实密切相关。《陌生的朋友》的主角克劳迪娅(Claudia)是一名 39 岁的女医生。她的"陌生朋友"——男友亨利(Henry)是一名建筑师,一个已婚但婚姻生活却了无生趣的男人。小说主要讲述了她和男友亨利的感情故事。通过这条主线,海因详细地刻画了女主人公的工作、家庭生活以及情感状态。《霍恩》中的医生施珀戴克(Dr. Spodeck)因其父亲是一名资本家,在民德总是处处遭遇刁难,他也是一位对自己和自己的生活感到失望的人。还有霍恩在小城中的房东盖特露德·费施灵尔(Gertrude Fischlinger),她是一位小杂货店主、单身母亲,有一个不服管教的儿子。海因其他作品中的人物设定也都与上述人物类似。

海因的故事也总是来源于这群普通人的生活经历。例如在《陌生的朋友》中,克劳迪娅回忆起自己为何没有能力爱人。她想起自己年幼时,曾借民德政府歧视和区别对待新教徒的政策,公开羞辱了拥有宗教信仰的好友,致使她们的友谊破裂,她也因感情上"背叛"了儿时好友,从此失去了爱人的能力。在《占领土地》中,主人公哈贝尔因其被驱逐者的身份,在古尔登堡一直遭受本地人的歧视和欺辱。这些情节都与民德的历史紧密相连,这些小人物的生活经历就是整个民德社会生活的缩影。

这些遭遇种种困境的人物屡屡在海因作品中登场,首先与海因本人的经历有关。他被驱逐的难民身份,在民德作为牧师的儿子,在西德求学期间又是民德出身的学生身份,都让他成为了"不被需要的存在"。他坦言:"我一直处于边缘地位。"①就如同他笔下的人物一般。这样坎坷的经历对个人而言是不幸的,但对海因的创作生涯来说却是一笔财富。他在采访中借用了海纳·穆勒的观点表达了他对自己经历的看法:"好的作品诞生在血腥的土地上。"②因此,令人过目难忘的人物也或多或少有着写作者的影子。

这样的人物设定与本雅明对历史主体的理解再次吻合。如前所述,本雅明认为,历史主体应是被忽略、被压迫的小人物,而不是那些历史学家笔下对国家或时代产生重大影响的英雄人物。本雅明对历史主体的认识与卢卡奇在历史小说中发现的"中间人物"形象颇为相似。海因作品中的大多数主要人物属于本雅明思想中的历史主体,他们是不会对历史大进程造成重大影响的普通人。对本雅明而言,特定的时代、特定的人生、特定的事件中反映的是整个社会和整个时代,是整个人类历史发展的产物。只有在这种小人物受压迫的命运中,只有在他们的回忆当中,人们才可以看到改变、打断历史连续性的机会。海因正是通过勾画普通人的命运,书写他们的回忆,来反映民德社会生活的一般特征,让读者思考这

---

① Benedikt Viertelhaus: Die guten Texte wachsen auf düsterem oder dunklem Grund. In: Kritische Ausgabe 11, Sommer 2007, S. 79.
② Ebd.

段特殊历史时期，以及人类社会发展中普通人可能面临的困境。

海因作品的叙事特色首先展现在叙述视角和叙述者的精巧设计上。例如，在《霍恩》和《占领土地》这两部作品中，海因采用了热奈特（Gérard Genette）的经典视角分类中的内聚焦型视角。该视角的特征是叙述者的视野有限，全凭故事中几个人物的感官去行动和思索，以旁观者的身份看待主人公和其他人物，对他人的行动和心理的了解只能靠猜测揣度。但这种内聚焦型视角也有其独特优势，它能够拉近故事人物和读者的距离，也能充分地展开人物的内心世界。此外，海因有意采用的是内聚焦型视角中的一种亚类型，即不定内聚焦型视角。这样的视角设置，既拉近了读者和故事次要人物之间的距离，让读者代入不同的角色，获得多角度观察主角的机会，主角形象也显得层次更丰富，同时从某种意义上来说也是对读者的一种解放，不同的读者可以依据不同原因和喜好，去选择信任一种或几种人物视角，在阅读的过程中主动建构主角形象，还原故事的来龙去脉。正如《霍恩》中，在克鲁施卡茨的眼里，霍恩是个性情固执又冷淡，难以相处的下级，"他拒绝时代的发展和历史的进程"，是个"神经质又疲惫不堪"的人文主义者。[①] 对托马斯而言，霍恩是个还算友好的博物馆工作人员。而在费

---

① Christoph Hein: Horns Ende, a. a. O., S. 123.

施灵尔看来,霍恩总是"很有礼貌",每当她有需要时,"他总是乐于施助"。①

不定内聚焦型视角又常常与多位不同的叙述者同时出现。海因的这两部作品中都有多位叙述者,他们都是故事中的次要人物,故事的主角并非叙述者之一。每位叙述者都在讲述自己的回忆,主角的经历也是他们回忆的组成部分。叙述者的经历各自独立,与其他叙述者的回忆几乎无交集。如果将他们叙述中与主人公有关的内容单独提取出来并加以排列,主人公的生平就清晰可见了。例如在《占领土地》中,作者就分别从五个和哈贝尔有过密切交往之人的视角,描述了主角哈贝尔在古尔登堡的生活经历。这五个人分别是中学同桌托马斯·尼古拉斯、初恋女友马里昂·德姆茨、商业伙伴皮特·科勒、小姨子卡塔琳娜·霍伦巴赫以及当地的上流人士西古尔德·基策罗。他们的回忆涵盖了哈贝尔不同的人生阶段,且基本没有重叠。尽管他们的叙述并非严格按照时间顺序衔接,其中还留有不少空白和悬念,读者仍然可以借助他们的视角了解故事主角的生平。他们对哈贝尔的描述都基于自己与哈贝尔的交往和观察,因此他们眼中的哈贝尔也不尽相同。通过多位叙述者和不定内聚焦视角的联合运用,海因在作品中展现了主人公行为的复杂性和性格的不同面向。

---

① Christoph Hein: Horns Ende, a. a. O., S. 116.

由于采用了多位叙述者和不定内聚焦型视角,海因的许多作品整体呈现出一种碎片式的篇章结构,没有完整的故事情节,也没有明确的开端和结局,更多的是不同人物经历或叙述片段的汇集。这种结构在《霍恩》中展现得尤为鲜明。每一章节都会出现四五位叙述者。叙述内容通常是一个场景、一段回忆或某件事情的某个阶段,前后两位叙述者讲述的内容之间并无紧密关联。例如,第一章中先后出现了施珀戴克大夫、托马斯、盖特鲁德·费施灵尔、克鲁施卡茨四位叙述者,他们似乎都在将自己漫无边际的思绪铺展在书中。施珀戴克大夫讲述了吉卜赛人来到他们居住的古尔登堡,当地人都希望将之赶走,前来交涉的市长却显得无力应对。他又转而说到了市长欠佳的身体状况,以及他自己对小城生活的厌倦,同时提到霍恩的死亡也加重了他的这种厌恶感。接下来登场的叙述者托马斯是一个好奇心旺盛的男孩,他和他的朋友保尔只关心他们是否能从神秘的吉卜赛人那里寻得一份工作,赚得稀有硬币。他们一直在吉卜赛人的营地周围徘徊,听见了市长和吉卜赛人的对话,目睹了交涉失败后悻悻而归的市长,以及和吉卜赛人交好的画家戈尔的到来。从这两段叙述可见,前后两节的内容关联不大,只是他们都关注到了吉卜赛人来到小城这件事。每个叙述者都从自己的视角出发,只讲述和自己有关的经历和思考。故事真正的主角霍恩在此一闪而过,只简略地交代了他此时已经死亡的事实。

海因很多其他的作品都与《霍恩》的结构类似,由不同叙述者碎片化的描述堆集而成。这种碎片式结构能够实现他在叙述历史时意图实现的"相对性",即"并非某个人物独占真理,而是不同的叙述可以相互补充"。① 不同的叙述内容并非彼此相悖,而是相互重叠,并且叙述的碎片之间存在"空隙",它们可以由读者根据自己的经验去填补。② 海因认为,这些"马赛克碎片"是历史形式上的出发点。③ 就像一颗宝石由不同的切面组成,这些"碎片"形成了海因作品独特的结构,同时也与本雅明叙事学思想中的"碎片化"特征遥相呼应。这些碎片多而不乱,通过它们,读者可以根据自己的经验和理解,拼凑出作品主人公相对完整的人生经历,也可通过主人公的经历窥见众人记忆中的民德历史。

此外,海因作品的语言风格与本雅明倡导的"编年史作者"叙述风格极为相似。在几乎所有的作品中,他的语言都是一样的平白朴实、注重细节,没有华丽的修辞。故事情节缓缓行进,不管人物的命运如何跌宕起伏,人物叙述的口吻仍然保持平静,甚至是带有一种冷漠,充满着疏离感。作者本人没有在作品中添加自己的评论,剧中人物在大部分情况下也是默默地独白,没有过多对自己和

---

① Klaus Hammer (Hg.): Chronisten ohne Botschaft: Christoph Hein. Ein Arbeitsbuch. Berlin 1992, S. 33.
② Vgl. ebd.
③ Vgl. ebd., S. 32.

他人经历的总结和评判。这样的叙事特点在作品中随处可见。在《霍恩》的第二章中,叙述者盖特鲁特·费施灵尔曾这样描述自己被丈夫抛弃的悲惨遭遇:

> 我在第五个月怀上身孕,我的丈夫晚上一直要到很迟才回家。我不知道该怎样做才能阻止他。在保尔出生之前,他就和弥伦胡同的一位年轻女人勾搭上了。尤其糟糕的是,这个跟我丈夫生活在一起的女人也到我的店里采购。我却不敢把她赶出去,因为我害怕我丈夫生气。①

这是足以让人崩溃的一段不幸的婚姻经历,但叙述者的平铺直叙,仿佛在讲述他人的故事,没有歇斯底里的情感暴发,没有对他人声嘶力竭的控诉,没有对这段经历的反思和评价,甚至感受不到她的情绪起伏,唯一能够暗示她对样的状况并不满意的字眼是"糟糕"。没有过多的主观解释和按照因果关系的事件串联,这样的描述恰恰展现出了类似"编年史"的语言特征,也是本雅明所欣赏的艺术风格。

海因之所以选择这样的回忆内容和历史书写手法,主要与本雅明对他的影响密切相关。本雅明欣赏编年史作家的写作风格,海因也同样表达了对这种风格的赞同。

---

① Christoph Hein: Horns Ende, a. a. O., S. 66.

他在自己的杂文、演讲以及接受采访的过程中,不断强调自己编年史作者的定位,主张作家应是编年史作者。鉴于民德政府官方对艺术作品的严格控制,民德社会内部出现的矛盾和问题无法公开讨论。出于知识分子的自觉和责任感,海因在民德期间已经不再顾忌文化审核部门的限制和审查。他致力于记录民德人民真实的生活状态,把由普通民众生活组成的社会史融入自己的作品中。海因的这种自我认知,很大程度上源于他对作家身份的思考。他坚信作家就应当是"编年史作者"。本雅明在阐述他的叙事学思想时也反复提及这一类型作者的特征。然而,海因对于编年史作者这一身份有着自己独特的理解。

编年史(Chronik),作为历史写作的形式之一,其特点是按照时间的先后顺序去描述历史事件,而不考虑它们之间的内在和实质联系。① 海因对这一文类的理解是,"作家所写的编年史并非纯粹客观,更多的是现实而富有深意的,同时又充满幻想和不可思议,是诗的一种形式"。② 他在接受《新德意志日报》(*Neues Deutschland*)记者伊尔木特劳特·古奇克(Ilmutlaut Guccik)的采访时说道:

---

① Vgl. Gero von Wilpert: Sachwörterbuch der Literatur, a. a. O., S. 140.
② Vgl. Christoph Hein: Die Zensur ist überlebt, nutzlos, paradox ... Rede auf dem X. Schriftstellerkongreß der DDR. In: Ders.: Die fünfte Grundrechenart, a. a. O., S. 123.

我把作家当作是类似报纸通讯员或编年史作者的一份工作。我是一名编年史作者,借用的当然是文学手段。于此我在德国文学中有一系列的榜样,像约翰·彼特·黑贝尔或是亨利希·冯·克莱斯特或是弗兰茨·卡夫卡。他们都是非常标准的编年史作家,因为这点我喜欢他们,喜欢这份工作。①

海因所言非虚,他的作品内容确实常常呈现出编年史的风格。他只是按照大致的时间顺序,有时甚至不按顺序地去记录各种大小不一的事件,不揭示这些事件之间的联系,更不会刻意根据某种逻辑顺序布局作品章节,亦不去添加自己对于事件的思考和评论。海因总是不露声色地冷静描摹生活,让思想通过作品的情节与场景自然地流露。这种风格贯穿于他所有的作品。然而,他也因此遭受了一些批评。部分研究者指出,海因并未明确向读者表明他想通过文字传达何种信息。对此,海因在与雅希姆扎克的谈话中详细地解释了,他为何坚持这种写作风格。原因是他不愿意扮演道德上的指路人或是预言家这类角色,而更愿意对已经发生的事情进行清晰和细致的分析,因为他相信,人们在这种分析之中可以找到

---

① Christoph Hein: Ich bin ein Schreiber von Chroniken. In: Ders.: Als Kind habe ich Stalin gesehen. Essais und Reden. Frankfurt am Main 2004, S. 193.

未来的道路。①

海因也在访谈中明确阐述了他不愿意做读者的人生导师或预言型作家的理由。他指出了编年史作家和预言型作家的区别,"也许还存在一种与编年史作家不同的预言型作家。前者实际上只是告知人们信息,并且必须尽可能地放弃道德评判"。② 他认为,编年史作家需要做的就是展现这个"既美好又狰狞的世界"。展现之外的任何道德、意识形态的说明和评价都是画蛇添足。真正的作者不应担任预言家、社会或道德评论家的角色,更不能担任读者人生道路的顾问,尽管很多读者期望知识分子,包括作家,可以为他们提供人生的指引。海因在谈话中坦言,面对令人压抑和手足无措的民德社会,许多读者来信寻求他的帮助,但他倒希望可以摆脱这种助人的角色,不愿扮演道德上的指路人。③ 他觉得,自己并不比他的读者们更聪明,因此不能给他们指明一个未来的方向。④ 他所能做的,只是与读者谈论他们过去一同走过的路。他始终把作家的预言功能看作一种附加功能。

作家在作品中不提供任何有助于理解和分析的评论,这往往意味着读者需要更加主动。这也正是海因所

---

① Vgl. Christoph Hein: „Wir werden es lernen müssen, mit unserer Vergangenheit zu leben." In: Lothar Baier (Hg.): Christoph Hein. Texte, Daten, Bilder, a. a. O., S. 52.
② Ebd.
③ Ebd., S. 40.
④ Ebd., S. 52.

期待的。"我知道,阅读是一种主动行为。我不想说服读者。我为他提供信息,他用自己的经验将其补充完整。"①他希望读者在阅读他的作品时,能够运用自己的经验和理智去理解、评判甚至补充他所提供的内容。如果读者需要一个预言家或是传教士,那么,对于海因来说,这样的读者是不成熟、不合格的。

除了"编年史"的历史书写原则外,海因对历史回忆和书写的坚持也与他的个人经历有密切关系。在"转折时期"(Wendezeit)后的十几年里,一批曾在民主德国生活过的作家们掀起了一波回忆民德的浪潮,海因也置身于这浪潮之中。虽然,西方学界把这些作家对前"祖国"姗姗来迟的热爱,以不尊重的态度冠之以"怀念东方"(Ostalgie)之名,但并不妨碍这些作家在创作中抒发他们对民主德国复杂的情感。有布鲁思希(Thomas Brussig)这样对民主德国意识形态"废墟"一笑置之者,也有像朗尔穆勒(Katja Lange-Müller)或者恩特勒(Adolf Endler)这类作家,他们幽默、怪诞、逃避现实的创作更多地基于与东德政治社会相关的痛苦的个人经历,这种经历构成了"东方之痛"(Ost-Schmerz)这一人生历练的实质内容②。海因与第二类作家相似,因为时代历史给他本人以及同时

---

① Christoph Hein: Ich bin ein Schreiber von Chroniken. In: Als Kind habe ich Stalin gesehen, a. a. O., S. 191.
② Frauke Meyer-Gosau: Ost-West-Schmerz: Beobachtungen zu einer sich wandelnden Gemütslage. In: Arnold, Heinz Ludwig(Hg.): DDR-Literatur der neunziger Jahre. München 2000, S. 9.

代人的人生轨迹都烙下了难以磨灭的印记。因此,他的历史书写也总是有意无意地穿插着自己的个人经历。这种宏观历史对个人生活的巨大影响力是海因意图通过作品提醒读者要铭记的重点之一。他不止一次在文章、讲话和采访中强调回忆的重要性,更在自己的作品中直接提醒读者不要忘却。首先,他把自己在民德的经历都记录在了作品中。在《占领土地》《一切从头开始》《霍恩》中都零散地出现了与海因本人经历极为相似的描写片段。在《占领土地》中,主角哈贝尔是一个"二战"后的被驱逐者,这和海因本人的身份相符。《霍恩》的主人公霍恩因为在工作中犯下了"意识形态"上的错误,受到责罚来到了小城古尔登堡。这不难让人联想到海因本人也因为在艺术创作中触碰民德审查制度的禁忌,作品屡屡被禁的经历。民主德国的领导层在国家存在的整整四十年中,一直都试图对文学界施加纠正性的影响。[1] 严格的审查制度和禁忌设置不是国家层面的空泛概念或是文字游戏可能性的限制,而是一道简单的生存问题。[2] 尤其是在比尔曼事件[3]之后,民德审核措施愈发严格,许多作家的稿

---

[1] Vgl. Franz Huberth: Zensur, Tabu, Exil und Dauervisum-Schriftsteller und Staat in der DDR. In: Ders.(Hg.): Die DDR im Spiegel ihrer Literatur. Berlin 2005, S. 83.
[2] Vgl. ebd.
[3] 比尔曼是一位词作者,原生活在联邦德国,1953 年来到东柏林。他在作品中揭露民德社会生活中的特权阶层、官僚主义、僵化、停滞、教条等负面问题,一再触怒当局。1976 年 11 月,比尔曼获准去联邦德国举办个人演唱会,演唱会结束后,他被民德有关部门突然宣布吊销民德国(转下页)

件被拒收,未经许可在境外发表作品的惩罚威胁更加严厉,许多作家因此在创作上束手束脚,痛不欲生。① 为了生存,海因才不得已从戏剧领域转向小说创作。其次,海因的回忆中不仅包括他本人的经历,同时代普通人的经历也是他的重点记录对象,这类个人经历也包括逝者的经历。霍恩作为作品主角正是一个鲜明的例子。正如穆勒冯克(Wolfgang Müller-Funk)所言,"每一种文化都可理解为一种象征和叙事共同体,它包括逝者,并与逝者形成一个历史整体"。② 逝者是面临被遗忘的特殊群体,但同时是历史回忆的重要组成部分,群体共同的历史回忆又是构建国家和民族文化的关键要素。尤其是当官方的历史书写不能够真实地反映社会现实时,海因意识到了普通人包括逝者的历史回忆的重要性,才会通过作品提醒读者不要忽略和忘却自己曾经或未曾经历的历史。

同时,忘却在现代"依赖遗忘、速度和快餐式享乐的

(接上页)籍。对比尔曼的惩治在民德知识分子中掀起了波澜。当天,12名著名作家起草了一封致统一社会党政治局的"公开信",对剥夺比尔曼国籍的做法表示抗议,后又有一百多位作家、艺术家在"公开信"上署名予以支援。吊销比尔曼国籍和这封抗议信就成为了民德文学史上一个特别事件。参见李昌珂:《德国文学史:第5卷》,南京,2008年版,第402—403页。

① Vgl. Manfred Jäger: Kultur und Politik in der DDR: ein historischer Abriss. Köln 1982, S. 174.

② Wolfgang Müller-Funk: Erzählen und Erinnern. Zur Narratologie des kulturellen und kollektiven Gedächtnisses. In: Vittoria Borso/Christoph Kann(Hg.): Geschichtsdarstellung. Medien-Methoden-Strategien. Köln 2004, S. 147.

娱乐社会"①才是常态,"忆起"却显得格格不入。现今,不仅仅是民主德国的历史已渐渐被没有经历过的年轻人遗忘,"二战"时期的惨痛回忆也在忘却的边缘岌岌可危。柏林波茨坦广场的奔驰、索尼等公司的后现代式新兴建筑就象征着这个"遗忘社会"的一切,而它们伫立在犹太人大屠杀纪念碑的旁边。② 海因对"回忆"的提醒也寄托着他对后辈的希望,因为记忆和回忆是自我理解和身份认同的关键。

海因曾说道:"关于我自己,我能说的,我已都落笔成文。"③结合海因求学和职业生涯中曾遭遇的种种坎坷,不难理解他在艺术创作中对历史书写的执着。他正如他笔下的人物一样被国家和社会的历史深刻地影响了人生轨迹。也正因为这样的执着,他在作品中数次尝试从不同的角度,运用不同的手法书写时代历史,也在这样的过程中渐渐发展出了"编年史作者"的创作原则。叙事角度清奇,文体风格鲜明的海因,他作品中的历史书写无疑是最值得关注和研究的对象之一。在本雅明哲学思想的影响之下,他在作品中所记录的民德历史会呈现出怎样的面貌?他又采用了哪些创作手法,书写他所经历和回忆中的民德?在接

---

① Wolfgang Müller-Funk: Erzählen und Erinnern. Zur Narratologie des kulturellen und kollektiven Gedächtnisses. In: Vittoria Borso/Christoph Kann(Hg.): Geschichtsdarstellung. Medien-Methoden-Strategien. Köln 2004, S. 153.
② Vgl. ebd.
③ Christoph Hein: Aber der Narr will nicht. Essais, a. a. O., S. 9.

下来的两节中,笔者将以他的两部作品《占领土地》和《一切从头开始》为例来分析他作品中历史书写的特点。

第四节　历史的碎片:克里斯托夫·海因小说《占领土地》中的历史书写研究

海因 2004 年的作品《占领土地》被认为是他的回归之作,一个重要原因是他讲述了最擅长的创作主题——民德历史。该故事开始于"二战"结束之后的 20 世纪 50 年代,结束于柏林墙倒塌、两德统一之时,时间跨度为 40 年左右。主角哈贝尔是一位失去故乡的被驱逐者,来到小城古尔登堡后,从一个不被本地人接受和被驱逐的孩子,一步步扎稳脚跟,成为当地赫赫有名的大人物。全书除去简短的开头和结尾部分,共分为五个章节,分别从五个和哈贝尔有过密切交往的人物视角,描述了哈贝尔征服小城的经过。这五位角色分别是哈贝尔的中学同桌托马斯·尼古拉斯,初恋女友马里昂·德姆茨,生意伙伴的兄弟皮特·科勒,小姨子卡塔琳娜·霍伦巴赫和当地的上流人士西古尔德·基策罗。通过这五位叙述者的回忆,主人公哈贝尔跌宕的人生经历和鲜活的人物形象跃然纸上。从初来小城时对周边顽劣同学的阴郁暴力,到青少年时期借政治变化对欺侮自己的本地人的愤怒报复,再到青年时期不顾民德政府刑罚的冒险淘金,再到最后蒸蒸日上生意场上的稳重圆滑。"二战"后民德特殊的社会条件，造就了哈贝尔传奇的一生。

这部作品的创作与海因自身的经历有着密不可分的联系。他和小说主人公哈贝尔一样，都属于"二战"之后被驱逐者这一特殊群体。他们的故乡都是现已不复存在的西里西亚，此地在德国历史上是个非常特殊的地区，曾轮番为波兰、奥地利和德国抢占。如今，该地域的大部分地区属于波兰，小部分属于捷克和德国。在"二战"结束之后的波茨坦会议上，苏联和波兰方面提出的驱逐东部地区德国人的要求得到了允许，导致几百万德国人从此流离失所。大量移民涌入民德地区，给昔日民德当地人的生活造成了巨大的冲击。移民和本地人之间为了争取生存空间和生活条件产生了尖锐的矛盾。如何解决这种矛盾，一直是民德社会需要面对的一个棘手问题。然而随着战后两德逐步融合和经济的发展，外来人在德国的生活也逐渐改善，这个问题慢慢淡出了人们的视野。在海因的笔下，这段在民德官方历史中仅用一两句话就草草带过的历史，却被赋予了深度和丰富性，这得益于海因对待历史书写的谨慎态度以及他极具个人特色的叙事和文体风格。

海因在作品人物的设定上，实践着本雅明的观点。在前文中，我们已经证明海因历史观的形成与他对瓦尔特·本雅明的接受有着直接关系。在《占领土地》中，海因依旧关注历史浪潮中的小人物，尤其是弱势群体、受害者和牺牲者的命运。他笔下的民德历史局限在古尔登堡这个虚构的小城之中。这里充满着各式各样小人物的日常生活场景。主人公哈贝尔是一个失去故乡,被迫举家迁移,重新建立新生活的被驱逐者。在事业未起步之前一直受到本地人的歧视,生活充满坎坷。而其他五位重要的叙述者大多也来自小城的农民或者手工业者家庭,生活拮据,只能通过努力工作才能维持生计。例如,第二位叙述者马里昂·德姆茨是一名将近60岁的老妇人,独自抚养着两个不愿关心母亲的孩子。第三位叙述者皮特·科勒的身份背景和主人公相似,他也是一位战后的移民。他从德国的另一个城市莱比锡来到古尔登堡,经历过一场失败的恋爱,又受了四五年的牢狱之灾,然后重新开始做回自己的老本行。第五位叙述者西古尔德·基策罗是一位成功的商人,在这个小城中具有一定的地位,也只是过着相对舒适生活的普通人。海因通过这群人物对人生经历的回忆书写历史。这些人物的特质与本雅明对于历史认识主体的看法吻合。

从故事结构来看,海因的这部作品和《霍恩》一样,主人公的主线故事情节需要读者从书中不同叙述者对于过去的追忆中拼凑出来,他的人生经历并非直截了当地呈现在读者眼前。这与作者的叙述方式密切相关。

作品的叙述手法最出彩之处在于海因对叙述者的设置和对叙述视角的选择。叙述者和叙述视角决定了整部作品的内容和结构。珀西·卢伯克(Percy Lubbock)曾在《小说技巧》(*The Craft of Fiction*)中写道:"小说技巧中整个错综复杂的方法问题,我认为都要受角度问题——叙述者所站位置对故事的关系问题——调节。"①卢伯克清晰地揭示了叙述角度在小说技巧中的重要地位。国内学者徐岱也认为,"小说的艺术模式有其自己的结构,这个结构本身又总是通过一定的建构活动而实现的,其中心是:在小说中由谁来讲故事"。②"由谁来讲故事"指向的也是叙述者的问题。

海因擅长让次要角色作为故事的主要叙述者,借助多个人物视角,从多个侧面探察主人公的行为举止和人格特质。这部作品结构完整统一,首尾衔接紧密,由同一场景的描述开篇并结尾:主人公哈贝尔和几个掌握着小城古尔登堡命运的资本家,积极组织并参与小城的庆典活动。随着主人公哈贝尔儿时的同学托马斯·尼古拉斯的登场,接二连三的回忆拉开了序幕。作品中间的五个章节,分别对应着五位不同叙述者的回忆。五人各自回顾自己的人生经历,这些经历以或多或少的方式与主人公的生涯交织在一起。虽然,主人公的人生历程分散到了五位叙述者的讲述中,但是海因基本保持了主人公人生经历由前到后的时间顺序。例如,第一位叙述者尼古拉斯是哈贝尔的中学同学,他描述的是主人公哈贝尔的

---

① 卢伯克等著:《小说美学经典三种》,方土人,罗婉华译,1990年版,第180页。
② 徐岱:《小说叙事学》,1992年版,第188页。

中学生涯。而第五位叙述者西古尔德·基策罗,讲述的是哈贝尔步入中年之后的经历,包括如何运用资金的发展壮大自己的木工厂,以及如何跻身上流社会这一过程。其他的叙述者也大致按照时间顺序描述了主角青少年以及青年时期的经历。每个人物的叙述都涵盖主角的生平片段,但同时也是叙述者对自身人生经历的回顾。五位主人公之间并无明显的联系,且彼此也并不相识。从这些碎片似的回忆中,我们可以了解主人公几乎完整的生平和各种真实的历史场景。这样的叙述者安排以及由此形成的作品结构,让作品较之于用第三人称或者全知视角写成的人物传记更为引人入胜。

除了通过多位叙述者以多棱镜的形式映射主角人生段落,海因还对叙述视角进行了精巧的设计。他在采访中曾道,相较于全知全能的叙述者,使用第一人称叙述视角对他来说更重要,特别是如果以女性视角写作,不确定感增加的同时,也更让人兴奋。① 与前作《霍恩》类似,在《占领土地》中,海因再次采用了他熟悉的不定内聚焦型视角,即运用不同人物的视角来呈现不同事件,在某一范围内限定在单一人物身上,作品由几个运用内聚焦视角的部分组成。② 作品中的五位叙述者性别不同,他们的回忆各占据一章的篇幅且内容各异。在每个叙述者的独立

---

① Benedikt Viertelhaus: Die guten Texte wachsen auf düsterem oder dunklem Grund. In: Kritische Ausgabe, Sommer 2007, S. 77.
② 胡亚敏:《叙事学》,2004 年版,第 30 页。

章节中,叙述者都以第一人称视角回顾过往。第一人称回顾性叙述中,"通常有两种眼光在交替作用:一为叙述者'我'追忆往事的眼光,另一个则是被追忆的'我'正在经历事件时的眼光"。①后者又称为第一人称经验视角。海因的故事同时存在这两种视角。

通常,追忆往事的视角多用来完成对事件的叙述,多为历时性叙述,叙述节奏快,显现出叙述者回忆的跳跃性和故事时间的浓缩。在《占领土地》中,这种视角通常用于交代人物一段时期的经历。例如,命运最为跌宕起伏的叙述者皮特·科勒,海因大部分采用追忆往事的视角叙述他的经历。科勒在回忆与哈贝尔学生时期的交往时,有几个相邻段落分别以这样的语句作为段首句:

> 5月,人们开始修建石桥,就离早前的应急桥旁几米远,就在被炸毁的老桥原来的位置。……
>
> 现在,在傍晚时分,我们不在市场碰面了,而是再次跑向河边,因为石桥的修建给我们的生活带来了几分闲趣。……
>
> 6月,这座城市被马铃薯瓢虫袭击了。成群黄红色、几厘米长的瓢虫嗡嗡地冲进了城里,覆盖了街道,侵占了步道,铺满了屋顶。……②

---

① 申丹:《叙述学与小说文体学研究》,2004年版,第223页。
② Christoph Hein: Landnahme. Frankfurt am Main 2004, S. 153-154.

从"5月""6月"这样的时间状语和较短的段落篇幅，就可以看出故事时间的浓缩。利用这种浓缩，作者交代了科勒经历中的重要片段，主人公的身影也穿插在其中。

追忆往事的视角还有一个显著的特点，即叙述者会对过往经历做回顾性的总结和评价。在这部作品中，我们偶尔也可以读到类似"时过境迁后的自我反思"。例如，受到女友背叛的科勒，成了街坊邻居的笑柄，无奈之下逃离了自己生活的城市，以为离开会让自己摆脱感情的失意。结果，在离开了女友回到古尔登堡之后，他因为与哈贝尔合伙偷运民德人到西德，而被民德警察抓获。最后，他不得不面临6年的牢狱之灾。他自己爱护备至的阿德勒汽车也作为犯罪工具被没收了。在叙述者科勒结束他第一段经历的讲述，即将开始描述自己第二次与哈贝尔合伙偷运的经历之前，他做出了一番总结性的评述："我那时不知道的是，我就是和这场逃亡，直接奔向了，确切地说，这场逃亡引领我走向了真正的不幸，这不幸，耗费了我人生中的6年和我心爱的却伤害我最深的阿德勒汽车。"① 这一句话是"预叙"，实际上预示了他接下来不幸的人生遭遇。这样回顾式的总结性描述，是叙述者追忆往事的代表性例子。但总体来说，这类描述在整个文本中相当罕见。

---

① Christoph Hein: Landnahme. Frankfurt am Main 2004, S. 203-204.

同时,在每个叙述者的独立章节中,第一人称经验视角的应用也相当普遍。这类视角具有直接生动、主观片面、容易激发同情心和造成悬念等特点。海因大量使用这种视角,也让读者随着各个人物,身临其境地去面对故事发生时的各种情况。该视角在作品中主要有两种表现方式:一是对具体场景的详细描写,二是在具体场景中使用大篇幅的直接引语。例如,科勒发现自己并非女友孩子的生父,而女友无情地欺骗了他许久之时,作品有一段似乎和故事情节推进毫无关联的描写:

> 在回家的路上,我的车开得越来越快,最终我不得不停下来让自己冷静片刻。天色已晚,茫茫的雾霭笼罩街道,让人无法看清百米开外的人和物。我打开汽车大灯,坐在路沟处。当寒气侵入衣物时,我从后备箱里拿出那条旧毯子。缕缕雾丝缓缓地来回飘荡,仿佛在犹豫不决。它们包裹着林荫道上的树干,只留下无叶的树冠。它漂浮在这团黯淡的灰色之上,看来就像山坡上光秃秃的灌木。我咒骂着自己,嘲笑着自己。……你真是个傻子,彻头彻尾的傻子,我大声说。①

这段文字是对具体场景的描绘,其中故事时间和叙

---

① Christoph Hein: Landnahme. Frankfurt am Main 2004, S. 195.

述时间之间的关系为等述,即共时性描述,细节丰富,叙述节奏缓慢,与追忆往事视角中常见的时间浓缩完全不同。细致的景色描写和人物行为的描绘,让读者能够切身地感受到此时人物的情绪状态,笼罩在心头的不是灰色的"雾气",而是被欺骗感情的"烦闷"。无法做出选择的不是飘来荡去的"雾丝",而是不知所措的角色本人。随后,科勒回到家中与女友摊牌,试图弄清楚女友为何用"色素转移"为由解释孩子不同寻常的黝黑肤色,将他骗得团团转。作者又使用大量的直接引语,凸显了科勒的愤怒心情和女友想要继续遮遮掩掩的逃避心理。对话包含以下的内容:

> 吉蒂问我为何这么晚回家,问我是不是去摆弄我们的汽车了。
> "你把手洗一下再去碰小威廉。"她说。
> "我去医院了。"我漫不经心地说。
> 她吃惊地望向我:"你是遇到车祸了吗?"
> "不,我刚去医院了,去妇科。"
> 她不吱声。
> "我去了妇产科。"我略显多余地重复了一遍。
> ……
> "色素转移,"我说,"真是绝妙的点子,你是怎么设想这之后的事情呢?还是你觉得,我会习惯这一切?"
> 她不回话。她把所有东西都放在桌上,在我对

面坐了下来,看着我的眼睛问:"那现在呢?"①

尽管科勒没有直接愤怒地斥责女友的欺骗行为,但通过他们的对话,读者已经能够明显地感受他的不满和愤懑。在这一问一答当中,读者仿佛身处在这些对话发生的场景之中,感人物所感,思人物所思。无论是对具体场景的描写,还是对大量人物对话的直接引用,使用第一人称经验视角进行追忆的叙述者并没有一开始就揭示所有的真相,而是以经验自我的眼光,也就是正在经历事件时的眼光进行描述,邀请读者追随叙述者逐步认清事实,和叙述者一同经历跌宕起伏的情绪变化,产生感同身受、身临其境的幻觉。

海因利用追忆往事的视角和第一人称经验视角,让叙述者和读者在对事件的讲述和对具体场景的描写中穿插往返,故事层次也变得更加丰富。一方面,他展示了人物的经历和事件的进展,另一方面,他借助具体场景的真实细节增加了故事内容的可信度。同时,通过场景描写和人物对话,显示了角色特性,展现了他们的内心世界,营造了戏剧性的场面。

在整部作品中,作者始终以冷静和客观的态度描述人物和事件,没有对背景和原因进行过多的解释和说明,也没有添加任何形式的叙述者或作者评论。对人物的言

---

① Christoph Hein: Landnahme. Frankfurt am Main 2004, S. 196-197.

语和内在意识的呈现也没有浓烈的渲染和着意的夸张，很少出现直接丰富的感情描写和过多的心理分析。这与第一人称的回顾性视角的常规做法似乎有些背道而驰。根据叙述学理论，作者利用第一人称往往是为了更好地再现人物的心理状况，便于直抒胸臆。而从回顾性视角展开叙述，叙述者往往会对过去的经历有反思和评价的字眼，或隐晦或明显，让读者能够感受到今非昔比的对比效果。然而，在这部作品中，却极少有对某段人生经历的总结，只有无太多情感波动的记录。在描绘人物心理的时刻，对话中没有明显的情绪表达，人物也没有宣泄感情的肢体表达，甚至叙述中也少有用于描述情感的词汇。比如，作品开篇第一个出场的叙述者是托马斯·尼古拉斯。他是主人公哈贝尔的小学同学。他首次回忆的场景是哈贝尔作为被驱逐者初到小城，成为他所在班级插班生的一段经历。关于哈贝尔一家为何被迫来到古尔登堡，以及当地人为何对这些移民有所排斥，作者没有以全知全能的叙述者身份，也没有借人物之口做过多解释。只在尼古拉斯的后续回忆中，通过哈贝尔的行为和他与别人的对话，我们才能获取部分主人公的背景信息。在班级的数学老师沃伊格特与哈贝尔的对话中，读者可以了解到哈贝尔一家初到小城的基本情况。例如，通过沃伊格特在班上带着戏谑和鄙夷的态度对哈贝尔的问话中，可以得知哈贝尔的父亲是木工，初来乍到还没在小城找到工作，全家人只能暂时依靠政府救济生活。在他问及哈贝尔的故乡时，尽管哈贝尔用德语地名强调他的故乡是"布雷斯劳"(Breslau)，但沃伊格特仍试图纠正他，提醒他，他的故乡如今已经是波兰语中的弗罗茨瓦夫(Wrocław)。失去了故乡，无家可归，借住在别人家，没有工作，依靠救济生活，这些就是哈贝尔一家人的现状，也是他们所代表的被驱逐者群体的真实状况。至此，读者不仅能够明显地感受到小城居民对外来者的排斥和嫌弃之情，也能推测出移民不受欢迎的原因。通过尼古拉斯的回忆可以看出，虽然海因没有过多地解释战后被驱逐者的历史，但通过主人公的行为和经历，读者完全能够通过主动的阅读和思索，填补那些作者未言明的空白。

不仅尼古拉斯的回忆叙述呈现出距离感和冷静口吻，其他角色的叙述也显示出了类似的特性。海因采用了角色视角出发的策略，让人物对过往进行不露形色的记录，不轻易表达自己的情感，既符合角色回顾人生的心态，也呈现了作者一贯的"编年史"写作风格。五位叙述者都在回忆往事，从叙述者的角度来看，往事已如风，当时的种种欢喜、恼怒、震惊等情感可能早已淡去，所以他们对过去的追叙也自然显得云淡风轻，没有太多感情的宣泄。平实的语言更符合叙述者回顾往昔的心境。另外，海因在此作品中再次实践了本雅明的叙事学思想，延续了不深入探究人物心理，不解析事件发展的"编年史作者"风格。这种风格让作品更像是在记录人物眼中所见的事实,也大大增强了作品内容的可信度。

作品中的叙事时间与叙述者和叙述视角也存在着巧妙的对应关系。总体来看,作者采用了外部整体闪回的叙述时间,即闪回构成了整个故事的主干。所有叙述者都在追忆故事开端时间之前的往事。作品的开端和结尾主要讲述了主人公哈贝尔成功变身为小城上流人士之后参加的城市庆典活动,这一背景构成了几位人物回忆的外部框架。作品中主要采用了两种时态。过去时主要用于人物回忆过往,而现在时则主要用于叙述者回忆具体场景和人物对话。两种时态相较,文中绝大多数出现的是过去时,也就是说大篇幅是人物的回忆。这一点充分说明海因与本雅明一样,格外重视回忆对于历史书写的重要意义。此外,各位叙述者之间的被叙述时间并非连贯,而是部分有所交叠。总的来说,这样的时间布局强调了各章节的独立性。

小说中的历史书写可分为两类。第一类是人物命运映射出的历史,其中,作者最为关注的是以主人公哈贝尔为代表的被驱逐者的命运以及他们如何建立新生活的历史。第二类是故事人物直接叙述的重大历史事件。无论哪种类型,通过多位叙述者和多重叙述角度的写作手法,冷静客观的叙述态度,作品中的历史书写显得更加直观、生动和富有层次感,也更加接近客观真实。

"二战"后,大量原居住在德国东部的平民遭到波兰驱逐,流离失所,艰难度日。他们大规模涌入当时民德的部分城市,给本地居民带来了不小的生存压力。由于管理部门缺乏有效的矛盾解决办法,被驱逐者与本地人之间的冲突不断激化,引发了众多社会问题。在文中,这些事实在几位叙述者回忆中都留下了印记。在尼古拉斯的回忆中,史实被描绘得最为细致。他回想哈贝尔初来学校时,简要描绘了小城本地人对待当时被驱逐者的态度。在战争结束后不久,小城就被这些失去家乡的人挤满了。他们寄居在本地人家中,而大多数本地人是迫于政府和警察的压力,不情愿地将自己的住所让给被驱逐者。"所有人都希望,这些离乡背井的被驱逐者们很快会继续迁徙,或者由住房部门提供给他们单独的住宅。"①言下之意,从一开始,本地人就对这些异乡人没有任何的好感和同情心,只视他们为突如其来的负担。当哈贝尔第一次站在教室里的时候,便有同学骂他"蠢蛋波兰人"。哈贝尔的沉默寡言和强硬让班上的同学难以与之亲近。他唯一的朋友是他的狗。但不久后,他心爱的狗也被人用绳子勒死在路边。当众人向第四位叙述者卡塔琳娜·霍伦巴赫的美女朋友巴布西献媚,称赞她美丽又勇敢时,都不忘讽刺当时身为她情人的哈贝尔。他们这样说道:"人们本应该把这些逃亡者,在他们来到这里的时候,立刻把他们淹死在穆尔德河里,所有的(被驱逐者)。"②这些

---

① Christoph Hein: Landnahme. Frankfurt am Main 2004, S. 16.
② Ebd., S. 291.

描述都影射了当时本地居民对被驱逐者的排斥甚至是嫌恶的态度。

本地人对这批逃亡者的鄙视和排斥,在哈贝尔父亲遭谋杀一事上达到了顶峰。老哈贝尔的木工厂突然起火,眼见工厂逐渐烧毁,本地人带着幸灾乐祸的心态在失火现场围观,却无人出手相助。警方无法找出凶手,于是将这起事件归咎于老哈贝尔自己,污蔑他为骗取保险金而自己纵火。老哈贝尔愤而将全城人都视为罪犯,这使他的事业更加举步维艰。没过多久,老哈贝尔被发现在自家工厂上吊身亡。警察经过一番毫无作为的调查后,最终认定他死于自杀。尽管城中的人们心知肚明,但没人愿意向哈贝尔揭示真相。直到哈贝尔飞黄腾达并向教会施舍恩惠,才最终从神父口中得知老哈贝尔死于谋杀的消息。基策罗,哈贝尔的好友,经过秘密调查,使得事件真相最终浮出水面。老哈贝尔是因为当时小城几位上流人士的酒后戏言才被人谋杀的。

五位叙述者讲述主人公哈贝尔的命运时,以第一人称经验视角为主。这样的叙述带有主观性、片面性以及个人感情色彩,甚至可能带有偏见。单一叙述者的追叙很难客观展现被驱逐者这一群体真实的生活情况。但是,来自各个领域、各个阶层的叙述者的叙述中,出现了许多重复的历史记忆,这证明,这部分历史书写的内容并非某位叙述者的主观回忆,而是与历史真相极为接近。通过对上述叙述者记忆内容的分析,"二战"后的被驱逐者遭受的歧视、排挤甚至是虐待的事实已经跃然纸上。海因正是利用多位叙述者、多重叙述角度的手法,将众多主观的看法综合起来,获得了最大程度的客观性。

这段被驱逐者"占领土地"的血泪史,通过海因笔下的几位叙述者得到了细致入微的描述。这些描述也为主人公哈贝尔未来的人生发展埋下了伏笔。正因为初到小城的时候,哈贝尔及其家人遭受了非人的待遇,他才产生了坚定的决心,决定终有一天要融入当地社会,成为一个真正的古尔登堡人。海因在重点描写"二战"以后被驱逐者融入新生活圈子的艰辛,他们和本地人之间的冲突时,还涉及到了民德历史上部分重要的政治事件,例如合作社运动、1953年6月的工人起义和柏林墙的建立及倒塌等。这些事件同样由一位或者几位叙述者的回忆引出。例如,轰轰烈烈的合作社运动在哈贝尔的前女友马里昂·德姆茨、生意伙伴皮特·科勒以及成功人士西古尔德·基策罗的回忆中都有出现。其中对合作社运动详实的描述,出现在德姆茨的回忆中。这段描写和其他两人的回忆结合起来,共同勾勒出这场政治运动在民德居民生活中掀起的波澜,同时也清楚地交代了主人公哈贝尔行为的动机和结果。

民德的合作社运动早在1945年开展起来,第一批农村合作社建立于1945年到1949年土地改革时期。只有少数人认为,集体共享贫乏资源是最公正的生存之路。所以,很多农民都不情愿加入合作社。也因此,运动开始后的 10 年间，集体化速度相当缓慢。① 1959 年到 1960 年，统一社会党发起了一场激烈的集体化运动，而这场运动给大多数的农民都带来了苦痛的记忆。② 虽然政府声称，加入农村合作社遵循自愿原则，但是却采取了各种手段不遗余力地推行合并。在农村，宣传鼓动队通过软硬兼施的做法，强迫农民"自愿"加入合作社。统一社会党对农村工作的安排，也反映了政策上的严重问题。他们派遣能力较低的干部到农村。③ 许多干部只能用专横跋扈来掩饰自己的无能。只在 1959 年这一年间，民德国家安全部就逮捕了大量反抗的农民。④ 面对这种情况，摆在这些农民面前的只有两种选择：加入农村合作社或者逃往西德。

在德姆茨的回忆中，她详述了大多数小城居民对于参与合作社的不情愿，和他们对合作社普遍的负面评价。尽管报纸上对合作社种种益处的报道铺天盖地，但她的父亲视合作社为懒人和饿鬼的俱乐部。⑤ 许多新农民和外乡人加入了合作社，这些人原本就不受人欢迎。她父亲的富农朋友格里瑟尔不断抱怨合作社的弊端，然而他也无奈地上交了自己的土地，以免被当作危害人民经济的"害虫"，甚至还有可能面临法律诉讼。格里瑟尔对此无能为力，他的妻

---

① 参见沙夫：《民主德国的政治与变革》，秦刚等译，春秋出版社，1988 年版，第 156 页。
② 同上。
③ 同上，第 158 页。
④ 同上。
⑤ Vgl. Christoph Hein: Landnahme, a. a. O., S. 118.

子因此精神几近失常。德姆茨一家还从他口中得知了宣传鼓动队激进的工作方式，包括堵门、喊话、硬闯、长时间轮番的言语说服等十分强硬的手段。这种方式给个体农民们带来了巨大的精神压力。最令德姆茨难以理解的是，原本没对政治表现出任何兴趣的男友哈贝尔，居然出现在了宣传鼓动队中，成为迫害城中邻里的一员。尽管哈贝尔一再强调自己是为了农民着想，但德姆茨始终无法理解他的行为，她将此归因于哈贝尔和她曾经的好友聚尔维亚的暗中投缘，因为他们一同成为了合作社运动中的积极分子。由于哈贝尔积极参与合作社运动的举动令人震惊，德姆茨决定与他分手。德姆茨回忆中合作社运动的部分至此结束。

  科勒的回忆主要分为少年和成年两部分，而这两部分回忆都涉及了合作社运动。少年时期，他对合作社运动的印象与德姆茨的相差无几。他主要记述了宣传鼓动队如何迫使个体农民放弃自己的土地。除了使用威逼的态度外，对于仍然拒绝加入合作社的农民，政府还会通过减少他们的种子数量和肥料供应来迫使他们放弃抵抗。小城居民暗暗管他们这种做法叫"暴政"。和德姆茨一样，科勒对哈贝尔热心投入政治事业的行为也感到十分惊讶。他提到，自从哈贝尔积极投身于宣传鼓动工作后，城中人就对他的行为感到格外愤怒。他们质疑他，认为"这样一个移民孩子，人们对他的期待是感恩，而不是不要脸"。① 后

---

① Vgl. Christoph Hein: Landnahme, a. a. O., S. 179.

来当科勒经历变故,回到古尔登堡再次与哈贝尔相遇时,两人再次谈论了合作社那段历史。科勒询问哈贝尔,当时为什么要加入宣传鼓动队,威胁富农,甚至连收留他们一家的格里瑟尔也不放过。哈贝尔此时才道出了真相:"叫他们尝尝报复的滋味。"①哈贝尔义愤填膺地讲述了当时城里人如何冷漠地对待他们一家的经历。他们得到的"好意"是格里瑟尔腾出房间供他们一家居住,然而,格里瑟尔曾当着哈贝尔父亲的面说:"人们应该立刻继续驱逐那些被驱逐者们,把他们赶到穆尔德河里去。"②直到此时,读者才了解到,哈贝尔当年在合作社运动中的所作所为,并非出于远大的政治抱负,而是为了报复那些曾给予他们一家人不公正待遇的古尔登堡人。

在第五位叙述者基策罗的叙述中,合作社运动的话题再度浮现。在主人公哈贝尔在小城混迹得风生水起后,保龄球俱乐部富人老成员们讨论是否接纳他为新成员时,其中一位成员皮希勒对此表达了强烈的反对,理由是哈贝尔在合作社运动期间,曾跟随宣传鼓动队一道威胁过他的岳父。然而,作为哈贝尔好友的基策罗以淡然的态度劝解皮希勒,认为那不过是哈贝尔青春年少时的一次小过错。③ 最终,大家还是同意了哈贝尔的加入。

关于民德合作社运动的回忆,三位人物和隐藏的主

---

① Vgl. Christoph Hein: Landnahme, a. a. O., S. 239.
② Ebd., S. 240.
③ Vgl. ebd., S.310.

人公之间存在着一定的相似性和差异。德姆茨和科勒两人关于合作社运动的直接回忆非常相似，主要因为他们作为叙述者，直到回忆过往的此刻仍然属于普通的市民阶层。他们的生活并非一帆风顺，与后来飞黄腾达的主人公相比，他们的生活并不富足。因此，他们与大多数普通老百姓一样，对政治持有疏远的态度。复杂的政治现象对他们而言难以理解，也无力改变。与他们不同的是哈贝尔和基策罗对此的态度。哈贝尔利用了这场政治运动满足了自己的报复欲望，这进一步突出了主人公目的性强的性格特征。而基策罗作为一名成功的商人，这场主要针对个体农民的运动，并没有对他的生活造成任何重大的影响。因此，他能够轻松地道出，哈贝尔的行为只是年轻时的一时糊涂。

　　针对同一段历史的不同回忆，其差异往往是主观因素造成的结果。然而，这些主观性的回忆中含有集体回忆和客观真相，读者可以通过分析和解读自行判断。首先，来自不同领域、阶层、互不相识的多位叙述者关于同一历史事件的回忆，其内容有许多重合之处。叙述者的观察犹如镜子的多块碎片反射着同一个对象，他们相同或类似的主观认识，向读者真实地呈现了历史。这种呈现，是海因运用多重叙述声音的主要目的之一。其次，多位叙述者回忆中不同的部分，一方面说明在相同的社会历史条件下，由于个体经验的差异，对历史的理解会有所不同。不同人物的回忆进一步揭示了他们生活背景、性格脾性、社会地位等差异,为人物塑造提供了关键信息。此时多重叙述声音已经不再只是一种结构技巧,而转变为小说内容的重要组成部分。另一方面,这些不同的回忆也向读者展现了同一段历史不同侧面的细节。例如当时普通百姓日常生活的方方面面就借由不同的叙述者回忆一一得以展现。如同玩拼图游戏一般,海因将几位叙述者碎片式的生平片段拼合在一起,使人联想到文学创作中的蒙太奇手法。海因和本雅明都十分推崇这种拼贴组合的方法,以捕捉个人记忆碎片的手法来印证整个社会的记忆,以此达到以小见大的效果。最后,海因的多重叙述声音以及多重叙述视角的写作手法,也再次印证了本雅明历史哲学的观点,即重视捕捉记忆而非去辨明历史的本来面目。五位叙述者如同目击证人一样,为主人公的生活轨迹和其生活的历史时期提供了证据。

综上所述,海因选取历史题材创作这部小说时,受到了本雅明哲学思想和叙事学思想的影响。在他独特的历史哲学思想指导下,海因以其擅长的严整结构、多重叙述声音和多重叙述角度,生动又真实地描绘出了近40年的民德历史。在他80年代的作品《霍恩的结局》中,他已经采用了多个叙述者共同叙述的手法。从海因引起轰动的中篇小说《陌生的朋友》中,我们可以看出他擅长从人物视角出发思考问题、叙述故事,能够深入体验人物的内心情感。在《占领土地》这部作品中,海因再次充分地发挥了这些特长。无论人物的性别如何,职业、生活轨道如何不同,他始终能够精确地描绘人物各自不同的语调和情绪。

除了作品中极具个人特色的历史书写以外,该作品也兼具以古喻今的意义。读者在熟悉主人公的人生历程后,再仔细对照小说的开头和结尾,可领悟到作品的重要思想内涵。哈贝尔作为一个被驱逐者,失去故乡后来到古尔登堡。本地人强烈的排外心理使他和家人过着十分艰难的生活。然而,在故事的结尾,哈贝尔的儿子对几个斐济人极其恶劣,他认为外国人不该参与德国人的庆典,因此试图将他们驱逐出庆典队伍。对于儿子的这种做法,哈贝尔仅是轻微地责备了几句,并以拥有这样的儿子为荣。但是被驱逐者与小城居民、外乡人与本地人、德国人与外国人之间的关系和矛盾实质上并无分别。显而易见,无论世事如何变迁,无论主人公的个人命运如何变化,这种歧视外来人的排外心理从未从人们的内心消失。哈贝尔曾经作为被驱逐者,不被本地人接受的那段经历,如今已经被他淡忘了。他的成功之路显示了他是一个彻头彻尾的实用主义者。他为了职业成功,甚至愿意与那些曾经纵火烧毁他父亲工厂的人共事。也就是说,为了能够在小城立足,成为一个彻彻底底的"本地人",他可以遗忘过去。当他最终成为小城中不可或缺的大人物时,他早年的悲惨经历在他的记忆中已经不再占据重要地位。

然而,对于本雅明和海因来说,遗忘过去是可怖的。因为过去、现在、未来这三者之间的关系密不可分。如果不回忆过去，就无法立足现在预见和未来。按照本雅明的历史哲学思想，遗忘过去造成的结果是过去的问题依然存在，人类和社会无法进步，历史会变成一种循环运动。正如《占领土地》的结尾所揭示的那样，外来人的命运没有发生根本的改变，从哈贝尔一家到两个斐济人，历史在循环。作为有社会责任的知识分子，海因敏锐地觉察到了这一社会现象，结合自身经历和对于历史的记忆，他选择了这一历史题材，旨在警醒读者，避免历史的重演。

海因在柏林墙倒塌十余年后，选择了这样的历史题材进行创作，把自己对本雅明历史哲学的理解融入作品当中。他以"二战"后民德境内的被驱逐者和普通百姓的生活为主题，采用多叙述者和多重叙述视角的手法，书写了"二战"后50年代到90年代柏林墙倒塌的历史。这显示了作者对于文学中历史书写的独特见解，以及对历史大进程中普通人的关注与同情。

第五节 少年回忆：克里斯托夫·海因小说《一切从头开始》中的历史书写研究

1997年，海因发表了叙事作品《一切从头开始》。该作品主要描述了上世纪50年代民主德国建国之初，主人公丹尼尔，一位十二三岁的男孩身边发生的一系列事件和生活场景。全书共分为九章，以丹尼尔即将离开民德，前往西德继续学业,向玛格达勒纳阿姨告别为开端,以他后来在父亲处得知阿姨去世的消息作为结尾。作品描绘了丹尼尔作为一个刚踏入青春期的男孩,对成年世界的不解和憧憬,同时也描述了他作为牧师之子在民德的生活体验和见闻。在第二章中,丹尼尔的父母在圣诞节前后莫名其妙地陷入冷战,对此丹尼尔很困惑,担心父母离婚。第三章介绍了一次特殊的学校经历。许多学生聚在一起,观看一位物理学博士现场演示液化空气的试验。第四章主要讲述了丹尼尔的祖父因信仰基督教而拒绝入党,导致他被迫离开经营已久的庄园。作品采用青春期少年的视角进行叙述,焦点局限在主人公的生活经历。九个章节各自独立,与相邻章节的联系并不紧密。每章对应丹尼尔在家庭或学校的一个日常生活场景。例如,相邻的第二、三、四章分别涉及主人公的家庭生活、学校生活以及祖父的生活。第七章作者又转而描述祖父被农庄辞退之后,和丹尼尔一家共同生活的情况。而第八章则描写了丹尼尔与戏剧社团的女同学玛艾克之间的初恋故事。最后一章着重描绘了丹尼尔一家人去西柏林探望在那里读书的哥哥。海因通过两条故事线索——主人公的青春期经历和他眼中的成年人世界——描画了许多日常生活场景中的细节。这些场景看似与当时社会历史无关,却与许多重要的政治历史事件有着隐微的联系。通过描写微观的日常生活场景,海因利用文学手段勾勒出了20世纪50年代民德历史的风貌。

对熟悉海因生平的读者来说,在阅读《一切从头开始》的过程中可能会产生这样的疑问:该作品是海因的自传吗?这个问题也引发了许多评论家对作品体裁的深入分析。贝尔恩德·费舍尔(Bernd Fischer)在《克斯利托夫·海因的短篇叙事作品》一文中,将该作品视为二战后民主德国建立之初的几组风俗画(Genrebild①)的组合。②格雷厄姆·杰克曼(Graham Jackman)等研究者则倾向于将其归类为小说而非自传③,因为他们注意到了作品中的虚构成分。海因本人也否认这部作品为自传,而称之为"虚构的自传"。④

长期以来,自传一直被视作是书写主观历史的一种形式。理想的自传是尽量按照过去发生的事实描述个人经历,记录过去真实发生的事件,与历史学中的历史书写类似。然而,心理学和医学的诸多证据表明,无论是历史学还是自传,都无法完全还原过去发生的事件,这是因为人的主观性和记忆的不确定性影响了对过去的再现。因此,自传中必然存在虚构成分。尤其在 20

---

① Genrebild 意为风俗画。风俗画是一个来源于绘画艺术的概念,它在文学中一般是指短小的叙事作品,这种叙事作品的内容,大部分来自于平和安逸的家庭和日常生活中的代表性的事件、人物和日常生活画面。
② Vgl. Bernd Fischer: Christoph Heins kleine Prosa: Von allem Anfang an und Exekution eines Kalbes. In: Jackman, Graham (ed.): Christoph Hein in Perspective. Amsterdam 2000, S. 172.
③ Vgl. Graham Jackman: Von allem Anfang an: A Portrait of the Artist as a Young Man? In: Christoph Hein in Perspective, a. a. O., S. 191.
④ Friedemann Krusche: Meergrüner Erlöserblick. In: Das Sonntagsblatt, 42, 17. 10. 1997, 22. Zit. nach: Ebd., S. 189.

世纪,自传的"故事化"倾向日益明显,传统的编年式叙事方法很少再为人所用,越来越多的作家采用"场面"的方法自叙生平。① 采用这种方法时,作者需要筛选自己的经历,保留他认为最有意义的部分。在剔除大量内容以后,对留存下来的内容进行种种加工、修饰和补充。② 也有学者认为,自传反映的历史事实更像歌德作品《诗与真》中的"真理",叙述中的事实是为了确认一种更普遍的看法,一种更高层次的真理。③ 这真理与"诗歌"只是表面上的对立,诗歌与其中的"虚构"是呈现生活中基本真相的手段。④ 作为"虚构"形成助力的主观回忆和想象力发挥作用后,读者得以了解事件发生时的细节,如人们对事件的反应和应对行为,而不是如史学作品那般只显现和强调结果。因此,自传作为文学中的一种特殊体裁,其历史书写既有现实参照,又含文学细节。

  主人公丹尼尔和童年时期的海因有许多相似之处,这种人物与作者的相似程度在海因的其他作品中并不常见。丹尼尔一家和海因一家一样,在"二战"结束后不久,从西里西亚逃亡来到民德的一个小城市。这个小城市位于萨克森-安哈尔特州。尽管城市的具体名字并未在作

---

① 参见杨正润:《自传死亡了吗?——关于英美学术界的一场争论》,见《当代外国文学》,2001 年 04 期,第 125 页。
② 同上。
③ Vgl. Martina Wagner-Egelhaaf: Autobiographie. Stuttgart; Weimar 2000, S. 2.
④ Vgl. ebd., S. 3.

品中给出,但通过作者的描述,读者可以推断这个城市与海因曾居住过的巴特迪本非常相似。此外,丹尼尔和海因都是牧师之子。由于父亲的职业,在结束初中学业后,他们无法取得在民德文理综合高中的入学资格,不得不追随他们的哥哥去西德继续学业。虽然在《陌生的朋友》《霍恩的结局》《占领土地》等作品中,从人物姓名、经历和故事发生地点中,也能寻得一些作者本人的影子,但像丹尼尔这样与海因本人拥有如此多相似之处的人物,在海因的作品中还是首次出现。因此,尽管海因自称这部作品是"虚构的自传",《新德意志》的评论员伊尔木特劳特·古奇克(Irmtraud Gutschke)仍然写下了如下的评论:"克里斯托夫·海因将所有的面具放到一边,讲述他自己,讲述他的童年。"[1]无可否认的是,这部作品包含着自传特点。

海因一改之前典型的多视角、碎片式结构的写作特征,转向了自传式内容。这首先应与20世纪90年代民德的作家和知识分子同民主德国集体"告别"的心态和浪潮有关。1990年,民主德国因并入联邦德国而消失,但曾在那里生活的民众的生活经历却不会一并消失。身为知识分子的作家不仅要面临一种与普通民众一样"无家可归"的情绪,他们中的一些还要艰难地尝试与"乌托

---

[1] Irmtraud Gutschke: Die grünen Augen des Evangelisten Lukas. In: Neues Deutschland, 204, 02.09.1997, 10. Zit. nach: Graham Jackman: Von allem Anfang an: A Portrait of the Artist as a Young Man? In: Christoph Hein in Perspective, a.a.O., S.189.

邦"思想告别。① 因此,在 90 年代有许多原民德作家撰写了自传。海因茨·捷克夫斯基(Heinz Czechowski)认为这一行为是应对人生中突然而至的"断裂"时产生的一种表达欲,这种"断裂"对他而言就是"无家可归"的心境。②海因的《一切从头开始》也诞生于以自传来"告别"的潮流之中,然而其作品却并未显现出捷克夫斯基那般悲观,更多是对自己在民德青少年时期回顾式的观察和思考,沉静的回忆便是海因特有的告别方式。

另一方面,作品的自传特性给海因的民德历史书写提供了更为方便的途径。自传与历史密切相关。狄尔泰将自传视为理解历史的典范:

> 只有它(自传中的自我反省)让历史观察成为可能。个人生活的力量和广度,以及对其反思的能量是历史观察的基础。它与一种无界限的需要结合,这种需要使人融入他人的存在,并在其中迷失自我,从而造就了伟大的历史学家。③

他认为自传作者和历史学家一样,能够从"内部"探

---

① Vgl. Joachim Garbe: Deutsche Geschichte in deutschen Geschichten der neunziger Jahre. Würzburg 2002, S. 63.
② Vgl. Heinz Czechowski: Im schalltoten Raum. Dichter im Zeitenwechsel. In: Sinn und Form 50, 1998, S.138 – 145, hier S.144.
③ Wilhelm Dilthey: Gesammelte Schriften VII. Band. Der Aufbau der geschichtlichen Welt in den Geisteswissenschaften. Göttingen 1965, S. 201.

索他们的研究对象,因此他们的研究也是真实而且具体的。① 维尔纳·马霍尔茨(Werner Mahrholz)清楚地说明了自传内容与其涉及的社会历史之间的关系。虽然自传体裁从诞生以来,它作为历史来源的价值屡次遭到质疑。但马霍尔茨明确表示:"无可怀疑的是,它(自传)是一个时代生活氛围的见证,是对不加粉饰的感情和观点的一种表达,是观察整体得到的结果。"②他还提及,虽然自传作者可能会由于记忆模糊而混淆某些历史细节,例如事件发生的具体日期等,但受当时各种社会条件——包括重要的历史事件——的影响形成的生活氛围,自传作者无论如何也不会弄错。③ 海因一再强调,《一切从头开始》是一部虚构的自传,意在让读者注意其中虚构的故事内容,而不要直接与他本人相连。然而,这些虚构元素仍是以真实的社会状况和那个时代人们的生活状态——其中也包括海因本人的生活经历——为核心发挥想象力的结果。这些正是作家想要运用文学手段呈现给读者的历史记忆。

海因利用自传体裁,意在重现民主德国当时压抑不安的社会氛围。借助文学虚构的艺术手段,他描绘了九个不同的生活场景,书写了 20 世纪 50 年代民德的社会

---

① Vgl. Michael Jaeger: Autobiographie und Geschichte. Wilhelm Ditley, Georg Misch, Karl Löwith, Gottfried Benn, Alfred Döblin. Stuttgart 1995, S. 51-57, hier S. 52.
② Werner Mahrholz: Der Wert der Selbstbiographie als geschichtliche Quelle. In: Günter Niggl (Hg.): Die Autographie. Darmstadt 1998. S. 72.
③ Vgl. ebd.

历史。我们可以通过主人公丹尼尔的经历,了解那个时代的社会情况以及它对少年海因造成的影响。虽然回忆中的丹尼尔只是一个十几岁的青少年,但他的身世让他无法摆脱当时政治环境的影响。贯穿全书的一个重点情节是:由于父亲是新教牧师,丹尼尔不能在民德升入高中,必须到西德才能继续学业。这一经历清晰地反映出当时民德政府对国内宗教信仰者,尤其是新教教徒的歧视和排斥。

海因有着和丹尼尔极为相似的命运。他们都因家庭出身,尤其是父亲的牧师职业,在20世纪50年代的民主德国不被允许接受高中教育。后来,海因便追随哥哥的步伐,去到西柏林的一所古文高中(Altsprachliche Gymnasium)继续求学。然而,他去这所学校并非自己的选择,而是为了满足父亲希望他继承事业的愿望。直到柏林墙建起前,海因一直在西柏林上学。之后由于家庭原因,海因自愿回到了民德。而在他回归民德之后,他的求学之路变得更加坎坷。从回到民德到最终被大学录取,整整过去了7年。[①] 在此期间,为了谋生和等待上大学的机会,海因一直不断地更换工作。[②] 他在接受记者采访中详述了这段经历。他未能顺利进入大学也是出于政治原因:身为牧师的儿子又曾经在西德上过中学。在这

---

① Vgl. Lothar Baier: Wir werden es lernen müssen, mit unserer Vergangenheit zu leben. In: Christoph Hein. Texte, Daten, Bilder, a. a. O., S. 48.
② Ebd.

7年中，海因始终坚定地申请进入大学学习，尽管被多次拒绝，但他仍未放弃。① 他把工作当作生活的过渡和一种糊口的手段。一份工作做到厌倦，再继续去找下一份，直到他最终得以进入高等学府。

虽然海因最终并未继承父亲的衣钵，宗教信仰却是他文学创作中不可忽视的组成部分。从文学史上来看，"牧师之子"在德语文学史上本身就是一类特别的存在。据统计，自16世纪起，德语文学史上最为重要的作家群体中有四分之一是来自牧师家庭。② 马丁·路德的宗教改革运动和对圣经的德语翻译，极大地促进了德意志地区语言的统一和德语的发展。由此可见，德语语言文学与宗教传统之间渊源深厚。就海因本人而言，布劳恩在研究其叙事作品中的宗教与回忆问题时认为，海因本身就受到了路德圣经翻译的深刻影响，他的叙事中存在宗教潜文本，他对民主德国宗教文化和事件的回忆和书写，目的是构建"反现实回忆"③，并以此来破除民主德国当权

---

① Vgl. Lothar Baier: Wir werden es lernen müssen, mit unserer Vergangenheit zu leben. In: Christoph Hein. Texte, Daten, Bilder, a. a. O., S. 48.
② Vgl. Helmut Kiesel: Geschichte der literarischen Moderne. Sprache, Ästhetik, Dichtung im 20. Jahrhundert. München 2004, S. 64f.
③ "反现实回忆"（Kontrapräsentische Erinnerung）是扬·阿斯曼（Jan Assmann）文化记忆系统理论中的一个重要概念，与"奠基记忆"（Fundierende Erinnerung）相对，两者构成了神话相对立的两个功用。"反现实回忆"即"与现实对立"的回忆，指从对现实的不满经验出发，并在回忆中唤起一个过去，其带有英雄时代的特征，具有革命性意义。参见扬·阿斯曼：《文化记忆：早期高级文化中的文字、回忆和政治身份》，金寿福/黄晓晨译，2015年版，第75—76页。

者对记忆文化的控制。① 因为在民主德国社会中,宗教文化是被压抑的对象,但海因与宗教之间的联系却不能轻易被割裂,所以他格外关注民德宗教文化的发展状况和宗教信仰者的遭遇。

为了达到意识形态上的绝对统治,民主德国政府从建立伊始就采取了一系列控制教会的措施。根据历史记载,在民德存在的40年里新教信徒的数量呈现了显著的下滑趋势。初期,信奉新教的居民占据总人口的81％,然而到民德政权垮台之际,这一数字锐减至25％左右。② 这一变化与民德所实施的"去宗教化"(Entkirchlichung)政策有着莫大的关系。为了实现去宗教化,民德采取了一系列具体措施,其中主要手段之一是在学校、教育以及工作领域中区别对待基督教徒,例如引入成年仪式(Jugendweihe)③ 等。此外,监控教会也是民德采取的一个重要手段。④ 宣传部门通过毫无顾忌地宣传无神论,对教会进行侮辱。⑤

---

① Vgl. Michael Braun: Das Gedächtnis des „Chronisten": Christoph Heins Erzählungen von Erinnerung und Religion. In: Carsten Gansel (Hg.): Rhetorik der Erinnerung-Literatur und Gedächtnis in den „geschlossenen Gesellschaften" des Real-Sozialismus. Göttingen 2009, S. 151 – 166.
② Vgl. Detlef Pollack: Von der Mehrheits-zur Minderheitskirche: Das Schicksal der evangelischen Kirchen. In: Helga Schultz/Hans-Jürgen Wagener (Hg.): Die DDR im Rückblick: Politik, Wirtschaft, Gesellschaft, Kultur. Berlin 2007, S. 49.
③ 成年仪式:指非宗教团体为普通中学毕业生举行的成年仪式。
④ Vgl. Detlef Pollack: Von der Mehrheits-zur Minderheitskirche: Das Schicksal der evangelischen Kirchen. In: Helga Schultz/Hans-Jürgen Wagener (Hg.): Die DDR im Rückblick, a. a. O., S. 49.
⑤ Vgl. ebd.

正是这些措施导致了民德期间新教信徒数量的大幅下降。

海因以直白的方式将上述的种种事实融入作品的情节中。在他的不同作品中都出现了宗教信仰者在各个领域中遭到区别对待的情节。例如，丹尼尔的哥哥在民主德国上学期间成绩优秀，但是仍然因信仰问题无法获得继续在当地上高中的资格。因此，丹尼尔早就隐约地预感自己未来的人生道路不会平坦。他对父亲所从事的工作和教堂的事务显然不感兴趣。从他对父亲的评价以及每周日他宁愿去看足球比赛，也不愿去教堂做礼拜的选择上，可以清晰地看出这一点。由于不能在周日早上观看心爱的足球赛，他甚至感到"周日早晨就像那些在学校里度过的早晨一样，令人不愉快和压抑"。① 由此可见，丹尼尔对宗教几乎一无所知也毫无兴趣，但即便如此，在他老师的眼中，他仍然是一个"愚蠢、单纯"，"轻信敌方宣传"，来自"政治上中立"家庭的学生。他的老师认为，"在这种家庭中，人们没有被培养成合格的国家公民"。② 可见，当时民德的教育体制对宗教人士的偏见和苛刻的限制。丹尼尔所在学校的少先队员们必须要接受这样的宣传教育："宗教对人民来说是鸦片，上帝是一个人类的发明，为的是安慰尘世苦海中的人们，以此让他们逆来顺受地接受统治阶级的剥削。"③《陌生的朋友》中的主角克劳

---

① Vgl. Christoph Hein: Von allem Anfang an, a. a. O., S. 168.
② Ebd., S. 192.
③ Christoph Hein: Von allem Anfang an, a. a. O., S. 193.

迪娅在与自己的好友卡特琳娜无所不谈时,曾道:"圣经那些令人难以置信的故事吸引着我,它们特有的美妙语言让我难以抵抗。"①她甚至还因为这强烈的吸引力去听宗教课。父亲对她的宗教兴趣和她与卡特琳娜的友谊感到不快,多次劝说她与好友保持距离,以免影响她的个人前途。后来,卡特琳娜因信仰而拒绝加入民德社会主义青年团,老师以她为例对同学们进行长时间的思想教育,将卡特琳娜的拒绝等同于"挑起战争"。同时,克劳迪娅为报复卡特琳娜对自己的冷落,竟在班级里公开取笑她,声称其基督教信仰是迷信思想,这一行为直接导致两人关系彻底破裂。家庭和学校不断传达"区别对待宗教信仰者"这一行为准则,改变了少女克劳迪娅对宗教的认识。

民德时期歧视宗教人士的这段历史,一方面给海因的人生轨迹刻下了难以磨灭的印记。尽管他在回忆中还是懵懂少年,但生活已然受到了当时的社会政治环境的深刻影响。另一方面,宗教知识和图像在"反宗教"的民主德国文化中作为"反记忆"和"非官方记忆"而存在。②而记录这类"反现实记忆"是海因作为"没有信息的编年史作者"的使命。宗教文化是西方文化传统中不可或缺的组成部分,对当时生活在民德的普通人来说是影响个

---

① Christoph Hein: Der fremde Freund, a. a. o., S. 125.
② Carsten Gansel: Zwischen offiziellem Gedächtnis und Gegen-Erinnerung — Literatur und kollektives Gedächtnis in der DDR. In: Ders. (Hg.): Gedächtnis und Literatur in den „geschlossenen Gesellschaften" des Real-Sozialismus zwischen 1945 und 1989. Göttingen 2007, S.21.

人身份认同的重要因素。在社会、教育和文化领域利用强权贬抑宗教文化,会对长期受这种文化浸染的青少年的个人成长带来深远的负面影响。这段经历的描写,既是海因个人生活的真实写照,又是对民德20世纪50年代历史的如实记录,更是作家对民德政权严格控制宗教文化的批判。

除了有宗教信仰家庭的教育权受到限制外,海因还多次描述了"告密"情节,以此来反映民德时期个人生活所受的种种束缚和监控。这种无处不在的监视,导致朋友、亲人相互背叛,出卖彼此的现象层出不穷,从而使整个社会充满了压抑和不安,也深深影响了人们日常生活的方方面面,对个人造成了无形的压迫。

在这部《一切从头开始》中,海因将出卖、告密以及背叛等情节融入了丹尼尔的民德日常生活。在最后一章,当丹尼尔结束西柏林之旅回到学校后,他只向他的几个朋友透露了他在西德的见闻,着重讲了他的新发现——屋顶上的灯光文字,并与朋友们讨论这些字发光的原因。而对于这些灯光文字显示的内容,也就是关于"匈牙利事件"的报道,他并未提起,因为他认为朋友们通过西德电台也可以获取这些消息。然而在课堂上,老师引入这个时事话题,意欲借此机会对学生进行政治教育。当老师正要结束时事话题的讨论,回归教科书内容时,同学卢齐厄向老师透露丹尼尔刚刚从西柏林归来,并在学校里散布敌方言论,并要求丹尼尔谈谈这次旅行。丹尼尔对她的行为感到惊讶，甚至有些愤怒。接着，丹尼尔只好在全班面前结结巴巴地介绍他的西柏林之旅，并试图将解释的重心放在那些灯光文字上。但很显然，老师并不赞同灯光文字所显示出的内容。听完丹尼尔的叙述后，老师立刻将他定性为政治觉悟低下的愚蠢学生，在全班同学面前对他进行了一番批评教育。这段经历的后续发展出现在了作品的第一章中，与这段内容形成呼应。丹尼尔即将离开民德，他最后一次去拜访玛格达勒纳阿姨。途中，他再次遇到了卢齐厄。"我差点就要告诉她，我必须要向玛格达勒纳阿姨告别，因为我要离开这座城市，永远地搬去西德了，但是我及时地想起了，她是如何在卡克茨·玛艾克老师面前出卖过我。"最终面对卢齐厄，丹尼尔还是选择保守住自己离开的秘密。

除此之外，告密情节在海因的另一部作品《陌生的朋友》中，也是助力主人公克劳迪娅性格塑造的重要情节。在克劳迪娅的少女时期，她因好友卡特琳娜交往男朋友而冷落了自己，一怒之下将她告发，从此这段友情走到了尽头，克劳迪娅也因为这次感情的伤痕而失去了爱人的能力。

海因为何反复将告密情节写入作品？杰克曼认为这种情节与圣经典故相关，类似于犹大出卖耶稣。[①] 考虑到

---

① Graham Jackman: Von allem Anfang an: A Portrait of the Artist as a Young Man? In: Christoph Hein in Perspective, a. a. O., S. 200.

海因所受到的宗教影响，这确实是一种可能的解释。但更重要的原因是，告密行为在民德时期社会中相当普遍。民德相关部门通过政治手段控制舆论，利用国家安全部的秘密警察监控他们眼中的"可疑分子"。国家安全部的成员数量曾一度达到九万人。① "国家安全部因为非正式合作者（IM：Inoffizielle Mitarbeiter）的数量，特别是与总人口数量比较，应该能得到一个'世界第一'的称号：约有17.3万人在工作之余，为国家安全部监视他们周围的人。每60个民德成年人中就有一人为秘密警察工作。"② 这样的现象显示，政权对个人的控制已深入社会生活的各个角落。在这种环境中，人们为了独善其身，可能出卖身边人，也可能被身边人出卖，人人自危。民德政权崩溃后，国家安全部的许多秘密档案逐渐向民众公开。许多人带着好奇心查阅自己的档案，却发现其中的记录让他们感到失望和诧异，心灵受到了伤害。对于两德统一后档案公开和相应的清算活动，海因在和西格丽德·勒夫勒的谈话中发表了自己的看法："这样，不仅是过去在事后被'毒害'了，未来也在猜疑和不信任中被'毒害'了。"③ 这表明，海因并不支持公开档案和清算活动，因为他深知，秘密的揭露会给相关人士带来严重的心灵创伤。这种创伤

---

① Vgl. Hedwig Richter: Die DDR. Paderborn 2009, S. 21.
② Ebd.
③ Lothar Baier: „Die alten Themen habe ich noch, jetzt kommen neue dazu". In: Christoph Hein: Texte, Daten, Bilder, a. a. O., S. 38.

颠覆了过去平和的表象。由身边人，尤其是亲近的人带来的伤害，可能会影响一个人的一生。海因还透露，他曾经和一些同行联名写信给政府，反对公开档案，并说明了这一行为可能造成的危害。但是，作家协会中有一些人，他们认为应对民德秘密警察的所作所为进行彻底的披露和批判。他们无视人们是否能承受真相所带来的心灵冲击，也不管人们是否能够抵挡这种冲击对他们整个人生的不良影响，执意支持公开秘密档案。海因与同行上书的这一举动，表明他敏锐地预感到，档案的公开可能会对人的成长带来深远的影响。因此，海因将告密情节纳入他的创作，是对这种行为及其影响的记录和展现。

　　海因在作品中的主要关注点也在于人的心灵感受，而非真相的公开。通过比较《陌生的朋友》和《一切从头开始》这两部作品中的告密情节，可以清楚地发现，这两处情节都发生在主人公十几岁的少年时期。在《陌生的朋友》中，读者可以清楚知晓，这样的经历如何影响了主人公后续的人生。当克劳迪娅在课堂上公开羞辱了好友卡特琳娜的宗教信仰后，两人的友谊从此永久破裂。尽管就在半年前，卡特琳娜因为信仰问题必须要在八年级结束之后离开学校，不能再继续留在民德上学，两人还痛哭流涕并一起许下保持友谊的誓言，但因克劳迪娅的出卖行为，这份纯真的友谊不复存在了。克劳迪娅在多年后回想此事，才对这一经历有了深刻的体会，那时她是如此没有保留地去爱一个人，以至于在这样的爱消逝之后，她再也没有能力去爱人。在《一切从头开始》中，海因虽然没有详细地交代丹尼尔后续的人生，但是卢齐厄在课堂上公开诋毁他后，他已不愿将自己即将前往西德的秘密告诉她。对被出卖的丹尼尔而言，他和卢齐厄再也无法成为朋友。然而，在此之前，他心里还一直暗恋着卢齐厄，对这个姑娘赞誉有加，他曾道："卢齐厄是我们班中最优秀的，也是最漂亮的女生。我很希望能和她做朋友。"①在告密事件发生后，丹尼尔的转变证明他从此事件中得到了重要教训，并且这样的教训他将终生难忘。

　　海因在作品中重复这一情节，并把其放置于个人，尤其是青少年时期的成长经历中，真实地反映出当时社会政治措施对人的控制和压迫。这种对个人内心的控制，直接通过学校这类教育机构，影响了年轻一代的政治意识。像克劳迪娅和丹尼尔的老师，都属于民德所谓的"新教师"（Neulehrer）群体。这些经过匆忙培训的教师，满怀对民德和统一社会党的忠诚进入教育行业。② 他们在课堂上抓住一切机会，对学生进行着同样的"忠诚教育"，传播着权威者的"正确"思想。长期受到这种教育环境的浸染，未曾真正进入社会的青少年都难免受到影响，他们无意识地去利用"告密"或类似的政治手段，伤害他人或自己，而大多数人其实对这种行为的含义和影响一无所知。

---

① Christoph Hein: Von allem Anfang an, a. a. O., S. 190.
② Vgl. Hedwig Richter: Die DDR, a. a. O., S. 15.

海因也意欲通过叙写这种民德时期的特殊现象,揭示其对民德人民心理造成的深远影响。

除了告密这一情节,作品中其他的场景,特别是涉及当时政治活动的部分场景也显现出了同样压抑的社会气氛。以第四章为例,海因讲述了丹尼尔祖父的故事。祖父是一位经营庄园的行家,偌大的庄园在他的管理之下多年来运营得井井有条。但仅仅因为坚持自己的宗教信仰,拒绝加入党派,就遭到解职。祖父被迫离开庄园后,庄园交由一位根本不懂经营之道的新手接管,很快就每况愈下了。这种依靠威胁人们正常生活达到精神控制的手段,在当时的社会中司空见惯。作者通过这样的情节,暗示了当时的民德政府为了实现绝对领导,置普通民众的基本生活要求和经济发展规律于不顾。

上述情节证明,海因通过少年丹尼尔的视角叙写的并非是轻松悠闲的家庭生活,而是当时的当权阶层对个人思想的操控,以及这种控制下整个社会压抑的生活气氛。

除此之外,海因利用琐碎的生活场景,以丹尼尔周围的人物为代表,刻画了民众应对这样的生存环境时所使用的"生存智慧"。海因在作品中塑造了两类人,面对普遍存在的精神压迫,他们代表了两种不同的生存方式。一类人的代表是丹尼尔的同学卢齐厄和丹尼尔的爱慕对象少女皮勒。卢齐厄是一个虔诚的天主教徒,像丹尼尔一样有着坚定的宗教信仰,但同时也是民德台尔曼少年先锋队积极的成员之一,甚至她在先锋队活动中是"如此的活跃和受欢迎,同学们年年都选她担任班组领导的主席"。① 让丹尼尔惊奇的是,卢齐厄能将坚定的宗教信仰与民德的政治觉悟要求完美融合。虽然,玛格达勒纳阿姨称,卢齐厄的做法很虚伪,待人处事世故圆滑。但是丹尼尔和他的同学们都认为,她的行为看起来那么自然,并不像两面派。而皮勒,这个丹尼尔心目中美的化身,当他将祖父的事情讲述给皮勒,向她表达心中的郁闷和对政府决策者的不满时,皮勒却说她的父亲是党员,她以后也一定要入党。她在解释她的入党决心时这样说道:"谁想改变点什么,谁就必须入党。我想达到目的。我想在我的人生中做些事情,正确的事情。"②这是一种实用主义的想法,代表着相当一部分在民德政治环境中生存的普通人。卢齐厄和皮勒都是民德意识形态控制下所培养出来的标准人才,他们的行为顺应了当权者的要求,他们也通过这种顺从,在社会中谋求生存,获取生活的便利。

另一类人物的代表则是丹尼尔的祖父、父亲和丹尼尔自己。祖父认为即使不入党也可以妥善管理庄园,最终却遭撤职。父亲因其牧师职业,经常受到市长的传唤和侮辱,因而也对统一党充满反感。在家中私下谈论统一党中那些以权谋私者时,两人无任何溢美之词。在这样的家庭环境影响下,丹尼尔在去西柏林旅行后决定要

---

① Christoph Hein: Von allem Anfang an, a. a. O., S. 191.
② Ebd., S. 99.

离开民德。他们这一类人不愿妥协,但又仍需在民德社会中生存下去,因此他们学会了保持沉默和用两种声音说话。例如,丹尼尔在家庭和学校教育的影响下,小小年纪凭着自己的直觉,便知道不能轻易向他人透露自己即将前往西德读书之事。他只将这个秘密告诉了他崇拜的马戏团成员卡德。而他的父亲,虽然厌恶说谎,却在开车带领全家前往西柏林的途中,不得不为了通过警察的盘问而撒谎。然而,父亲自认并未说谎,只是认为"人们不该说谎也不能说谎。人们有时只需要仔细思考,应该讲什么"。①

除了上述的两类人,还存在一类了解民德历史的读者所熟知的第三类人:那些舍弃一切逃亡西德的民德人。由此可见,海因通过描绘丹尼尔的亲人、同学和伙伴等人物群像,展现了在民德时期思想控制的高压下普通人的多种生存策略。尽管这群人物的经历和遭遇是虚构的,但从整体上准确地反映了当时民德压抑不安的社会氛围。

《一切从头开始》明显地体现出海因所秉持的"编年史作家"风格。这点首先体现在他"场景式"的叙述手法上。海因选择这种手法,一方面是因为20世纪以来的自传体裁当中常用此法,他通过这一特性描绘出民德的种种日常生活场景。这些场景不仅构成了丹尼尔少年时期的主要经历,更是生活在民德的普通百姓的生活缩影。费舍尔认为这部作品采用了风俗画的艺术形式,因为他

---

① Christoph Hein: Von allem Anfang an, a. a. O., S. 178.

注意到了这种明显的自传式叙述风格。另一方面,"场景式"叙述手法与海因秉持的编年史作者风格相辅相成。他只需要如实地记录下所见所闻,不必去分析和阐述不同场景间的关联,也无需深究导致这些场景出现的历史条件。正如海因在作品第一章中借丹尼尔之口,点明了他的写作意图:

> 对于她(玛格达勒纳阿姨)和我的家庭,我一直都想讲点什么。然而,每次当我尝试着去述说一些与此有关的回忆时,我都不得不确定,我记忆中的这些故事有些奇怪的漏洞,一些正常的虫蛀。……因此,我就这样开始并尝试,用那些我当时所经历和目睹的但却不明白的,那些我所听到的,但又不是人们特地向我讲述的以及那些在我眼前发生的,然而我却没有看到的,去填补这些漏洞。①

叙述者意欲回忆过去,但同时承认自己记忆中存在着漏洞。他试图通过回溯自己过去的经历和所见所闻去填补这些漏洞。海因在这里特别强调,这些亲身经历和见闻是当时的"我"无法理解的。考虑到丹尼尔有限的人生经验,他不能理解复杂的社会现象是符合逻辑的。而海因正是巧妙地利用了这种"无法理解",避免了过多的

---

① Christoph Hein: Von allem Anfang an, a. a. O., S. 10.

主观评论和分析。他的这段话可以被视为编年史作者风格的精准注解。对海因来说，前述的种种日常生活场景正是编年史作家应该记录下来的历史。

　　海因再次以简洁、客观、不附加个人感情和评价的文字，在《一切从头开始》中展现了自己独特的叙述风格。这一风格既符合编年史作者只记事不解释的特点，也与第一人称叙述者，一位少年的叙述视角相协调。海因只选择记述主人公感兴趣的话题，对于他不感兴趣的内容则一笔带过或者干脆忽略，例如具体的日期、地点、名称等等。所以，作品没有详细描写重大的历史事件，因为主人公显然对政治不感兴趣。只有1953年10月的"匈牙利事件"留存在了少年丹尼尔的回忆之中。那时，丹尼尔正巧和一家人一起来到西柏林旅行。丹尼尔起初是坐在咖啡厅中，通过房屋屋顶上的灯光文字，看到了这则消息，但他显然并未对这则消息的内容表现出太多关注，而是对发光字这种科技本身，以及西德人对这起事件所表现出的态度更感兴趣。在他们全家看到这则消息之后，关于哥哥学业的谈话立刻停了下来。父亲和哥哥立刻就此事进行了严肃的讨论，并考虑它对国家以及他们整个家庭的影响。他母亲则开始担心起会有新的战争爆发。与他们的反应不同，丹尼尔周围的西德客人和路上的行人却对此相当"镇静"（Gelassenheit）。咖啡厅内的其他客人看了消息之后继续聊天，发呆，打量着过路人，路人们也很少会像他们一家那样，一字一句认真观看这则新闻。这种沉着冷静的态度,着实让丹尼尔印象深刻。东西德人反应上的差别,突显了政治生活以及政治事件给民德普通百姓的生活所带来的震动。而年少的丹尼尔把这种差别,简单地归结为生活在小城市和大城市的人之间的差别。这种分析结果显然不能解释差别存在的深层原因。海因借用少年丹尼尔的视角,完成了自己作为编年史作家的任务,即将自己所见所闻直接记录下来,不带有任何感情色彩,也不做分析性质的加工。至于这些生活片段背后蕴涵的意义,则留给读者自行理解。

  海因在《一切从头开始》中通过主人公少年丹尼尔的视角,描绘了数个零散又具体的生活场景。作品一方面带有明显自传的痕迹。另一方面,作家通过对主人公经历的描写和对他周围人物的塑造,真实地呈现了20世纪50年代初的民德的历史状况和社会氛围。正如本雅明曾在《一九〇〇年前后柏林的童年》(*Berliner Kindheit um 1900*)一书中提到小时候父亲告诉他一位亲人的死讯,当时他没能很好理解父亲的叙述,但他对父亲告诉他这个消息时两人所在的房间,以及房间里的床都记忆犹新。他这样写道:"然而对于那一夜房间里的气氛我却铭记在心,好像我当时就预见到某一天我还会和它发生瓜葛。"[①] 这段话恰恰证明了过往的细节可能会被忘却,但过往的

[①] 瓦尔特·本雅明:《驼背小人:一九〇〇年前后柏林的童年》,徐小青译,上海文艺出版社,2003年版,第87页。

环境和氛围却会长久地留存在记忆中。海因在这部作品中,正是依靠虚构的细节呈现了回忆中的社会氛围,寻找那些遗忘的过去。

海因发表这部作品时,距离两德重新统一、民德消失已有七年。虽然他在作品中描绘历史片段时总是冷静克制,但是从他在"转折时刻"的1989~1990年期间的经历来看,他积极地参与了那段时期公共政治领域的众多活动,这在他的散文集中也有体现。他曾与克里斯塔·沃尔夫和其他同仁一道,频繁地通过参加会议、读书会、讨论和示威活动,发表讲话,持续批判民德政府的政策,呼吁政府与人民进行对话以解决民德人员流失的问题并启动改革,也向同事提出对话要求,要求他们更多地参与到公共政治活动中来表达态度,并试图说服人们留在民主德国,保留社会主义体制。① 然而,从最终的结果来看,他的种种呼吁和努力奔走并未能改变民德并入联邦德国的结果。在他反思民德生活的《一切从头开始》中,或许海因已彻底明了曾经怀有的乌托邦最终无法实现的缘由:民主德国社会系统中的问题已发展到积重难返的地步,非一朝一夕的改革能够改变。在欧洲土地上"人生而自由"的思想传统影响下,政府领导层对人精神和心灵的禁锢才是人们逃离这个国度的主要原因。海因曾身处民

---

① Kerstin E. Reimann: Schreiben nach der Wende-Wende im Schreiben? Literarische Reflexionen nach 1989/90. Würzburg 2008, S. 51-64, hier S. 52f.

德,关注到压抑的政治大环境中普通人面临的困境和选择,并将观察结果充分地融入了作品人物和情节的创作之中。他将这部自传式作品塑造成了一份备忘录,提醒读者,虽然民德已不复存在,但如今世界各地的政治环境依然会给人们的生活和心灵产生深刻的影响。

第三章 雅各布·海因作品中的历史书写

第一节 笑看历史：雅各布·海因作品中的历史书写特点概要

雅各布·海因早期的几部作品，如《我的第一件T恤衫》《或许这样也好》《申请永久出境许可》也都是以民德为背景。作品中的故事多取材于20世纪七八十年代，也就是柏林墙倒塌前的20年期间。这些故事源自雅各布本人以及周围人在民德的生活经历。例如《我的第一件T恤衫》一书中的众多故事就发生在80年代的民德。主人公是一个在民德成长起来的小男孩，和雅各布本人从外貌到经历都极为相似。而在回忆去世母亲的作品《或许这样也好》中，雅各布也描写了许多与母亲有关的日常生活场景。例如，在其中一章中，作者叙述了因为民德物资奇缺，主人公和母亲到超市抢购日用品的经过。这些场景也同样如实地反映着民德普通人的生活。无疑,对于一个刚刚开始进行创作的作家,自己以及周围人的生活经历,往往是他最为熟悉也最易着手的写作素材。在2004年的一期《明镜报》中,记者在谈及他的前几部作品时问起,他是否一直都在写与自己相关的事件,因为他作品中叙述者的经历总是和他本人的经历类似。他这样回答:

> 不是。在第一部作品《我的第一件T恤衫》中,在这部被很多人认为是我自己成长经历的书中,第一人称的视角给了我很多乐趣,因为那样人们也会往自己的胸前挂很大的但非自己赢得的奖牌。这本书中的"我"所经历的事情,是我希望在我的童年经历但却可惜没经历的。我也许放弃了与"我"艺术上的距离,但不是放弃所有其他的文学修辞手法。但是所有人都相信,这是个真实的故事。①

雅各布在《我的第一件T恤衫》和《或许这样也好》两部作品中,都使用了第一人称,在描写过去的经历时又都采用了当时的"我"经历事件时的视角。这样的人称和视角明显拉近了故事人物与读者之间的距离,使得故事更容易引起读者的共鸣。除了第一人称经验视角的使用,

---

① Volker Hage/Martin Doerry: Die Trauer bekämpfen. In: Der Spiegel. 34/2004, S. 113.

雅各布在作品中还时常利用细节描述、真实人物以及事件来加强故事的真实感。作品中的人物大部分都是虚构的,但他们很少是匿名的。人物不仅有自己的名字,而且他们的行为举止、性格特点,甚至是衣着打扮都是雅各布的重点描写对象。例如在《我的第一件T恤衫》的第四章中,作者描写了一位名叫洛塔尔·阿特贝克的同学,他并不讨人喜欢。而他被同学们讨厌的原因是,他有一对奇怪的父母,他们竟然反对他看"有趣"的西德电视节目。有一次主人公和阿特贝克趁他父母不在家,一起在他家偷看西德电视节目,阿特贝克显得非常紧张和警惕。结果,阿特贝克的父母突然回来,吓得主人公落荒而逃。阿特贝克胆小的性情和他父母专制的家长作风,以及民德政府对于媒体以及民众意识形态的控制,这些丰富的隐含内容都在这个小片段中得以表现。通过这些细节,虚构的人物和情节都变得真实可信。也正因为雅各布运用了上述写作手法,读者才会误以为他在作品中写下的都是自己的经历。

雅各布作品中的历史书写与德国流行文学有着密切的联系。近些年来,流行文学在德语文学的蓬勃发展中扮演着重要的角色。它与传统的现实主义作品在形式和内容上有明显的区别。雅各布的作品,尤其是他的处女作《我的第一件T恤衫》中的内容与流行文学的关系十分密切。虽然这部作品以回忆七八十年代的民德为主,但它却不像传统文学那样,严肃地反思那段历史的过程或成败，而是回顾了他那一代民德人的童年和青少年的日常生活。文中使用的是第一人称经验视角，增加了故事的趣味性。作品没有贯穿全书的统一情节，每个小节都是主人公个人经历中的一个故事，其内容多涉及主人公的学校生活。在民德后期，政府对于媒体的控制日益放松，人们与外界的接触也随之日益频繁。媒体的开放带来的是流行文化的迅疾传播。在民德意识形态的控制之下，西德以及美国的流行文化也深深地影响着雅各布这一代人。这些社会现象在这部作品中都有体现，穿插出现在主人公的日常生活中。例如，主人公班上的每个同学都有自己崇拜的偶像歌手，同学们也会成群结队地瞒着家长看西德电视节目。作品中还有主人公跟着伙伴去听地下乐团演奏的情节。这些内容意味着，流行文化已成为民德那个时代青少年生活不可或缺的一部分。

除了流行文化，青春期体验也是雅各布作品中的重点内容。主人公第一次不顾未成年人禁酒令，与同学们一起偷尝烈酒，第一次面对恋爱情愫以及青春期情绪的波动，这些情节和主题都出现在了作品当中。关于德国流行文学的研究表明，青春期的体验也是流行文学作品中必备的内容。另外，大量的青春期生活描写也让人联想到20世纪60年代以来德国青少年文学的嬗变。有别于传统的青少年文学，"新青春文学"在主要描写青春期变化的同时，还具有相当明显的时代特质，成为了反映社会文化,如家庭、学校和青少年休闲文化的变迁过程的媒介。① 雅各布的这些小说虽然严格来说并不属于专为未成年创作的青少年文学,但其中的青少年生活描述与世界上的其他地区不同,也打上了民德特色的烙印。例如,主人公的生活细节中就曾多次出现居民不得不偷偷地收看西德节目,地下乐团异常红火等现象,揭开了简单幽默的故事背后隐藏的真实社会面貌。

　　雅各布这几部作品的体裁也尤为特别。作品《我的第一件 T 恤衫》看起来像是自传,但雅各布亲口证实,主人公的大部分经历都不是他本人的经历。《或许这样也好》以描写主人公对母亲的回忆为主,但故事内容又不仅限于对母亲的回忆,还包括了主人公对民德童年的回忆,对犹太人生存现状的思考。因此,这部作品与传统的回忆录有着不小的区别。作品《申请永久出境许可》中收录了许多民德趣事。从故事的内容和形式来判断,雅各布采用的是轶事体裁。这一体裁在现当代文学史中并不常见。它的特殊之处在于,它与历史的关系十分密切。雅各布抓住轶事体裁的这一特点,通过夸张和虚构的情节,讲述了民德神奇的历史故事。他的想象并非天马行空,而是以反映民德真实历史为目的。在这部作品中,民德政府建设国家的美好理想与人民社会生活的实际情况形

---

① Hans-Heino Ewers (Hg.): Jugendkultur im Adoleszenzroman: Jugendliteratur der 80er und 90er Jahre zwischen Moderne und Postmoderne. Weinheim/München 1997, S. 7.

成了鲜明的对比。这种对比让读者能够更加清楚地认识到民德社会问题的根源。

雅各布的三部作品《我的第一件 T 恤衫》《或许这样也好》《申请永久出境许可》的作品结构基本一致。三部作品篇幅都不长。然而,每部作品的章节数却不少,每部作品的章节数都在 10 个以上。前两部作品的章节总数更是超过 20 个。雅各布的叙述语言始终简单幽默,充满趣味性,易读易懂。他在故事中,如何深入浅出地记载着他回忆中的民德,在接下来两部作品的具体分析中我们可以略窥一二。

第二节 流行与历史:雅各布·海因作品《我的第一件 T 恤衫》中的历史书写研究

东西德国的分裂是 20 世纪最为重大的历史事件之一,至今仍对世界的政治格局有着深远的影响。虽然德国历史中将 1989 年间所发生的一系列政治事件称作"和平革命",但是这种"和平"对于亲身经历过这一事件的德国人,尤其对当时的民德人来说,不可能带来心灵上的平静。因为对于他们来说,曾经的故乡民德消失了。尽管他们在那里生活期间,不能享受真正的民主和自由,经济发展水平和生活水平也都落后于同时期的西德,但民德的生活对他们来说,却也是毕生难忘的经历。

作家雅各布·海因在自己的处女作中就描述了自己回忆中的民德。

雅各布在作品中主要回忆了在民德度过的年少岁月。"一切从一把吉他开始。"[①]全书共分 25 个章节。作品前三章都围绕着主人公对音乐的热爱展开。他出于对吉他的热爱，违心和克里斯蒂安这个讨人嫌的男孩结成好友。然而，事实是他根本不会弹吉他。他对音乐的好奇心或是源自于家庭，他的父亲买了一个唱片机，并收集了很多唱片。他对其中一个为纪念列宁诞辰 100 周年而创作的录音档案感到非常好奇。

第四章到第八章是主人公对幼儿园和小学生活的回忆。在幼儿园期间，他经常因为午觉睡不着，受到老师罗泽女士的责罚。之后他又换过几个幼儿园，遇到了恶魔一般的颜克老师和天使一般的温克勒尔老师。他六岁时开始上小学。学校里有一位深受欢迎的地理老师赫勒先生；有俄语老师洛伊珀尔特博士，他曾有过战场经历；还有康齐姆先生，传说中的前护卫舰舰长。体育老师在双杠练习中总是嘲笑运动神经不发达的主人公。上中学时，因为崇拜偶像歌手，班上的一群男生张罗着组建乐团，不久却因为组员恋爱而很快解散。那时，在女生中还十分流行互相写纪念册。戴着厚厚眼镜的主人公和可怜虫同学洛塔尔·阿特贝克，好不容易得到了在女生的纪

[①] Jakob Hein: Mein erstes T-Shirt. München 2001, S. 9.

念册上留言的机会,却因为留言内容不当,惹来了女生的哭泣和老师的警告。从小到大,人们总是对小孩有数不清的禁令,例如不能喝凉水,不然肚子会生跳蚤之类。而老师们对这些禁忌的解释也让人啼笑皆非,比如说不完成作业就会危害社会主义建设之类的。学生们在学校除了学习,还积极参与到保卫世界和平的行动中去,例如不断给美国总统写信抗议。

第九、二十、二十一、二十四和二十五章的主题是民德的政治活动。雅各布描述了老百姓在选举日悬挂旗帜的传统,以及这一传统在1989年转折之际如何一夜之间发生了变化。作者还讲述了民德的废品收集运动,行动的主角是中学生。他们挨家挨户地询问、收集甚至搜查、抢夺废旧物资。除此以外,还包括以下的这些故事:主人公跟随朋友克莱门斯,观看了一场地下朋克乐队的表演。这个乐队会演奏一些反对当时民德制度的歌曲。从那以后,他确认了自己的政治取向。两个国家安全部的工作人员派他去教堂的环境图书馆侦察,可是这个书呆子在那里除了书之外,什么也没发现,于是他和国家安全部之间的合作也就此结束了。有一天,公民学老师突然把学生们带去参观勃兰登堡的一个共产党员纪念馆。主人公在馆中故意走了弯路,却意外参与了一个政治小品剧的演出。

第十、十三、十九章重点描写了主人公青春期的骚动。从小到大,他的职业理想总是变化无常。小时候因为很喜欢喜剧演员奥托·瓦尔克斯(Otto Waalkes),①他渴望自己也能成为一个喜剧演员,他的父母却十分反对这个念头,但是在职业理想这条路上他与父母保持距离,最终决定将来要做个导演。然而,在心仪的女孩出现后,他的理想又立刻变成了心理医生。进入青春期后,主人公的性情一夜之间变得执拗又敏感,甚至还与好朋友的前女友发展出一段青春罗曼史。除此之外,作者还详述了主人公小时候的玩具,东西德电视节目的差异,民德隆重的身份证发放仪式,等等。

  可见,这部作品涉及日常生活的各个方面。每个章节都包含一个短小精悍的故事,但它们之间通常没有交集。故事发生在大概 1980 年到 1989 年柏林墙倒塌之前,主要以民德,更确切地说是以东柏林为背景。作者按照主人公从童年到青少年的成长顺序来编排这些故事。随着主人公周围环境的变化,每个故事中几乎都会出现一些个性非常鲜明的新角色。例如主人公的小学和中学同学、老师、父母,他们都出现在了故事中。

  1989 年以后,很多有过民德生活经历的作家纷纷在作品中书写回忆。他们主要通过回忆严肃地批判民德社会的制度,反思其社会内部的各种矛盾和问题。在这样的文学潮流下,《新苏黎世报》的评论员乌特·施坦珀尔

---

① 奥托·瓦尔克斯,1948 年生,是来自德国东弗里西亚的一名滑稽演员、漫画家兼歌手。

在读过雅各布的作品之后不禁欢呼,终于有一个人,不再把民德当成是一个卡巴莱小品剧不断上演的喧闹场所;终于有一个人,不再带着怀旧的心血来潮和感伤的抱怨来描写民德了。① 雅各布作品中的历史书写之所以与众不同,是因为他是以见证了民德政权垮台和两德再次统一的年轻一代人的视角,以短故事的形式,带着一种幽默和调侃的态度展现他对历史的独特见解。这部作品中的历史书写带有明显的流行文学特质。

　　流行文学是20世纪文学的发展方向之一,它力求在消遣文学和高雅文学之间找到一个位置,意为既受大众欢迎又强调意义和趣味性的文学。最先使用这一概念的是美国文学评论家莱斯利·费德勒(Leslie A. Fiedler)。② 他在20世纪60年代末提到这个概念时意指"垮掉的一代"的作家及其作品。费德勒从"流行"出发,他要求"文学要对流行文化开放,并且文学要对电视、时尚和流行音乐进行密集的讨论"。③ 第一批流行文学作品展现的是日常生活的场景,作品还常借助照片、漫画等传达作者的创作意图。这类文学主要内容涉及大众文化和日常生活中的主题、特色以及写作和生活的方式。④ 这种思潮与当时的社会现实和文化联系非常紧密。

---

① Siehe: https://www.perlentaucher.de/buch/jakob-hein/mein-erstes-t-shirt.html Zugriff: 30. 06. 2023
② Vgl. Thomas Ernst: Popliteratur. Hamburg 2005, S. 7.
③ Ebd., S. 7.
④ Vgl. ebd., S. 9.

60年代英美的流行文学作品开始进入德国。1968年,罗尔夫·迪特尔·布林克曼(Rolf Dieter Brinkmann)将费德勒的概念引入德国。① 但流行文学这个概念到了德国就改变了意义。与美国不同,流行文学在德国直到今天仍主要用来与"严肃"文学做区分。从70年代起,一批年轻的作家为了对抗生于纳粹时代的父辈们的行为和思想,试图在有趣且轻松的流行文化中寻求一种解放。发展到80年代,流行文学又吸收了一些法国后现代主义哲学家的思想。到90年代它更成为了文化产业的娱乐产物和轻松阅读的同义词。流行文学反对传统文学所代表的高雅文化、精英文化。它力图模糊高雅和通俗之间的界限。流行文学作品一般使用简单易懂的语言,通常和流行文化联系紧密。德国学者托马斯·容(Thomas Jung)在他的文章《垃圾?现金?还是混乱?》中,也对流行文学这一类别做了总结。他指出,很多流行文学作品中情节已经不复存在,也没有传统的叙述结构,文中表达的都是个人思想,极少出现传统文学中常见的人物之间的对话,而更多的是单个人物的独白。② 内容更多涉及言语、身体和性的不安状况。"强烈的节奏、身体、酒精、毒品的混合物在越来越快的节奏中展现出来。"③

---

① Vgl. Thomas Ernst: Popliteratur. Hamburg 2005, S. 7.
② Ebd., S. 9.
③ Thomas Jung: Trash, Cash oder Chaos? Populäre deutschsprachige Literatur seit der Wende und die sogenannte Popliteratur. In: Ders.(Hg.): Alles nur Pop?: Anmerkungen zur populären und Pop-Literatur seit 1990. Frankfurt am Main 2002, S. 26.

流行文学,包括Pop这个词的含义,经过几十年的发展变化,到了90年代多被赋予了如"年轻人""适合于大众",甚至是"反知识分子"等标签。90年代后期,流行文学成了德语文学中最经常使用的概念之一。

雅各布在这部作品中选择把书写民德历史同流行文学的特征紧密地联系起来。流行文学偏向于网罗社会生活的表层现象,而不探究其背后的深层含义。布林克曼曾对这种特色给予了肯定性评价:"我们就生活在图像组成的表象当中,得到的也是这些表象,而表象的背后什么都没有——只是空洞。我们通过直面周围的环境,并以此对文学传统放手的方式,最终都必须接受这些表象和日常生活中的生动场景。"①因此,在流行文学诞生之初,许多研究者认为流行文学过于肤浅,与深层次的社会历史问题严重脱节,除了让人对流行文化有所了解之外,再无其他研究价值。而雅各布在这里却主要利用流行文学中的重要元素,回忆民德这段历史。下面章节力图通过作品分析,探讨流行文学作品反映社会历史的可能性。

新流行文学作品通常具有明显的特点,即作者经常使用大众文化中的元素,因此流行文学与同一时期的音乐和绘画常显示出高度的互文性。②例如,大部分流行文

---

① Rolf Dieter Brinkmann: Die Lyrik Frank O'Haras. In: Ders. (Hg.): Frank O'Hara: Lunch Poems und andere Gedichte, übers. mit e. Essay von Rolf Dieter Brinkmann. Köln 1969, S. 69.

② Vgl. Sandra Mehrfort: Popliteratur: Zum literarischen Stellenwert eines Phänomens der 1990er Jahre. Karlsruhe 2008, S. 33 - 51.

学作品都和流行音乐领域有着密切的关系。流行音乐甚至可以成为作品的主题和框架。它在德国新流行文学的虚构世界中,是一个非常重要的基准点,因为它是年轻人生活的一个重点,也因此成了作品不可或缺的构成部分。①在流行文学中,流行音乐不仅常用来表达作者内心的感受,并且在个人的成长历程中扮演着重要的角色。

流行音乐相关内容在《我的第一件 T 恤衫》中占有相当大的篇幅。例如,作品第一章的题目是"吉他",流行音乐中常用的乐器之一。雅各布在此夸张又生动地描写了主人公对吉他的喜爱,借此表现了吉他在热爱音乐的年轻人生活中的重要地位。再如,在第三章开篇,作者便简单地介绍了民德 80 年代的流行音乐,并强调了当时班上的同学对偶像歌手们的喜欢程度。重点描述了他们出于对音乐的热爱而自建乐队的故事,清楚地反映了当时的年轻人对于流行音乐和歌手的追捧。第二十四章的重点内容原本是主人公的政治取向,这样严肃的话题,却也和当时的地下朋克乐队有着千丝万缕的联系。正是由于朋友克莱门斯拉着主人公去教堂聆听了一场朋克乐队的秘密演奏,在他们演奏的曲目和歌词中,他感受到了乐队对当时社会制度的反对和对社会问题的重视,感受到了乐队独特的魅力,于是他立即被乐队成员和音乐形式强烈

---

① Vgl. Frank Degler/Ute Paulokat: Neue deutsche Popliteratur. Paderborn 2008, S. 25.

地吸引了。主人公不仅因为这些乐队确定了自己的政治方向,连外表装扮也日渐接近朋克歌手。他在总结乐队对他的影响时这样讲道:"从这个晚上起我的一生都改变了。"①由此可见,流行音乐在这部作品和以主人公为代表的青少年生活中所占的分量。

作品中足以改变主人公人生的朋克音乐和地下乐队,并非只对他一个人产生了重大影响,也并非属于他一个人的重大发现。当时民主德国政府试图控制整个社会文化的方方面面,连艺术界的创作也不能例外。在当时的文化思想中,"摇滚乐就是政治,而且是国家政治"。②但在此时各种各样的新式音乐,例如摇滚乐、朋克音乐、新浪潮音乐等在民主德国应运而生。虽然文化官僚机构和自由德国青年联盟(Freie Deutsche Jugend,FDJ)③领导层最初抵制这种"偏离系统"的音乐潮流,但摇滚乐还是在年轻人的业余生活中占据重要席位。④"摇滚乐在民

---

① Jakob Hein: Mein erstes T-Shirt. a. a. O., S. 127.
② Olaf Leitner: Rockszene DDR: Aspekte einer Massenkultur im Sozialismus. Hamburg 1983, S. 297.
③ 自由德国青年联盟:1946 年 3 月 7 日成立。1949 年第三次代表大会通过的新章程,把德国统一社会党的目标确定为青年联盟的目标。1959 年"六大"宣布自由德国青年联盟是先进的社会主义青年组织,是德国统一社会党的后备军和可靠助手。青年联盟自成立以来,积极教育和动员青年参与国家的管理和计划,积极组织青年参加社会主义竞赛活动,成为社会主义建设事业的一支突击力量。
④ Walter Jaide: Freizeit der Jugend im doppelten Deutschland. In: Barbara Hille; Walter Jaide (Hg.): DDR-Jugend: Politisches Bewußtsein und Lebensalltag. Opladen 1990, S. 89f.

主德国曾是青年、反抗、解放和异议的代名词。……朋克和新浪潮穿墙而过,促使年轻一代置自己于纪律制度以外。"①还没有人来得及搞清楚这一切到底是怎么发生的,朋克音乐家们便走上街头,时而着靴、时而赤脚地踏着自己的节奏。在他们的引领下,人们平日正派的着装也渐渐被混乱和个性的着装所替代。偏离民德社会规范人格的行为是对一切僵化和管制的无意识抗争。② 朋克乐队也不单只是一支乐队,他们给社会边缘人以认同感,同时也会不定期地做出实质性的行动,例如号召人们加入聚会、游行,以此来表达他们要求改变现状的想法。也因此,他们的演出也经常因为当局的审查和限制而被迫中断或取消。例如,主人公的哥哥是 BAP③ 乐队的歌迷,因此险些被学校开除。为了能够参加该乐队在民德举办的演唱会,哥哥彻夜排队抢购演出票。不料,BAP 最后却没被邀请,"但这并不是因为民德有了好品味,而是因为他们想唱一首对民主德国近乎批判的歌曲"。④ 朋克音乐发展初期没有收到预想的效果,于是朋克艺术家们开始转

---

① Ronald Galenza; Heinz Havemeister(Hg.): Wir wollen immer artig sein …: Punk, New Wave, HipHop, Indenpendent-Szene in der DDR 1980 - 1990. Berlin 1999, S. 6.
② Vgl. ebd.
③ BAP 是一支德国的摇滚乐队,成立于 1976 年,最为人知的是它的主唱 Wolfgang Niedecken。乐队主要用科隆方言演唱,所以它在德国特别是在该地区非常受欢迎。BAP 的歌曲经常涉及社会和政治问题,同时也表达了日常生活中的故事和情感。这支乐队是德国音乐史上最成功的摇滚乐队之一,并在德国国内外都有大量的"粉丝"。
④ Jakob Hein: Mein erstes T-Shirt, a. a. O., S. 125.

入地下。在民德大城市之中,朋克乐队秘密地在教堂中演出,他们的旁边也渐渐围绕着越来越多的朋克音乐迷。在民德社会主义背景下,摇滚音乐关于自由和集体的神话具有一种几乎在其他任何地方都难以比拟的力量,因为它模糊地代表着彻底的"异类"。① 但这个"异类"并未受到文化机构的严格管理和极端排斥,这与民德领导层既意图拉拢年轻群体,又志愿管控摇滚文化的矛盾心态有关。直到 80 年代,80% 新发行的唱片都来自于私人录音室,音乐人们大多自行发行音乐磁带,给公众提供了更为便利地接触摇滚乐的途径,文化机构的监管手段更加难以企及。② 这一时代正是雅各布重点回忆的时代,他作品中的主人公也是一名音乐迷,流行音乐在民德发展情况的相关细节在他的生活回忆中得到了具体呈现。

除了流行音乐,新兴媒体也是流行文学作品中经常出现的话题。新流行文学清晰地向读者展现了新兴媒体产品在当代社会中的重要性。一方面,商品品牌和新兴媒体已成为人们共同的文化符号,人们在表达时可以随时随地地引用它们;另一方面,新媒体对人行为举止的影响是巨大的。例如,人们会受到电影的影响,像电影中的角色一样行动;人们会像电视节目中的人物一样说话;人

---

① Vgl. Peter Wicke: Zwischen Förderung und Reglementierung-Rockmusik im System der DDR-Kulturbürokratie. In: Peter Wicke/ Lothar Müller (Hg.): Rockmusik und Politik. Analysen, Interviews und Dokumente. Berlin 1996, S. 11.
② Vgl. ebd., S. 27.

们也会通过音乐来表达感情。① 人们往往会像由媒体所创造出来的典型人物一样思考和行动。

在这部作品中，新兴媒体在主人公和他同学们的生活中也同样扮演着重要的角色。主人公回忆起自己曾收藏过唱片。当时，他为了听列宁诞辰的纪念唱片还费尽功夫自制唱片机。从这一情节来看，唱片作为一种声音记录档案，它对人们生活的影响已跃然纸上。除了唱片以外，收看电视也是每家每户主要的娱乐项目。雅各布在作品中多次提到民德人如何看待当时的西德电视节目。例如，主人公的同学洛塔尔·阿特贝克在班级里非常不受欢迎，原因其实很简单，因为他的父母很反感西德电视节目。因此，每当同学趁他父母不在到他家去玩耍和看西德电视节目的时候，都有种做贼心虚的紧张感。通过这家人对西德电视节目的态度，读者可以轻松判断人物的政治立场和性格特点。雅各布在第十五章中专门对东西德电视节目作了对比，并穿插了同学安德烈亚斯·吕特一家人看西德电视的趣闻。安德烈亚斯的父母禁止他看西德电视节目，他却趁父母不在家时偷偷观看。通常在晚饭后，安德烈亚斯被迫晚上 7 点多就得上床睡觉。直到他假装睡着，他的父母才敢打开电视，因为他们也想观看西德电视节目。而他们不知道的是，他们的儿

---

① Vgl. Frank Degler/Ute Paulokat: Neue deutsche Popliteratur, a. a. O., S. 41.

子偷偷在门上凿开了一个小洞,可以偷窥电视画面。于是,就形成了一个颇为奇异的场面:一家人"其乐融融"一起看电视。文中还提到,主人公因为看电视而特别喜欢喜剧演员奥托·瓦尔克斯,梦想有朝一日能成为像他一样的演员。这些内容都真实地再现了媒体对当时民德人日常生活的影响,并且暗示了民德政府对西德电视节目所实行的封锁。

雅各布作品中对于媒体的描写,特别是对西德电视节目的相关描写,反映了当时民德政府严格审查电子媒体这一历史事实。"二战"以后,民德地区广播一直受到苏联军方的控制。1949 年开始,民德政府接管了控制权。到了 1982 年政府更是将广播播放权集中在自己的手里,对广播的控制更加严格。从 1968 年开始,广播和电视分开为两部分。针对两种媒体,政府也相继成立了专门的委员会对其进行审查。[①] 虽然民德尝试用发送干扰信号的方式阻止西德信号,但是只要居民能够接收到西德的广播和电视信号,媒体管控部门对信息的审查和封锁的效果只能是收效甚微。西德的广播和电视仍然是民德人获取信息的重要媒介。也因此作品中这些民德人在面对西德传媒时,才会有各种各样妙趣横生的反应。

流行文学作家经常涉及的主题还包括社会政治问题。流行文学自产生以来就因其很少与政治生活挂钩而

---

① Siehe:http://de.wikipedia.org/wiki/Westfernsehen Zugriff:30.06.2023

饱受非议。但是这样的责难失之偏颇。如果说20世纪60年代的政治化表现为一种文学趋势的话,那么在90年代后期,政治从各个方面,包括文学方面来看,被"流行化"了。当今的西方政治家在政治舞台上的表现就是政治流行化的一个明证。他们在高谈阔论之时,经常使用一些流行语言,也会利用大众媒体,诸如网络、电视、报纸等进行宣传。有些政治家甚至会把自己包装成明星。[①]流行文化和政治看似毫无瓜葛,相互之间却有着隐秘和复杂的互动。从60年代的文学政治化趋向出现到90年代的拒绝文学政治化,这种变化主要出于两种原因:一是因为年轻作家们不愿意追随上一辈人的思路,始终在作品中严肃讨论政治问题,将自己的作品用于明显的政治用途;二是年轻一代所处的是一个全新的娱乐社会,他们更愿意以讽刺的态度、特殊的视角和一定的距离感来阐述和反思政治对于社会的影响。

雅各布在作品中也采用了同样的手法处理社会政治素材。这一点在第九章中表现得尤为突出,该章节描写了民德政治活动和选举制度。雅各布巧妙地通过对民德选举日当天,家家户户悬挂旗帜这一传统的描写,刻画了众人在民德政治生活中的千姿百态。每逢选举日,每家每户都要在窗外挂起旗帜,挂一面红旗的意思是革命者,

---

[①] Vgl. Frank Degler/Ute Paulokat: Neue deutsche Popliteratur, a. a. O., S. 55.

普通老百姓一般挂一面民德国旗,而阿谀奉承者则把这两面旗帜都挂出窗外。当后来民德政府垮台以后,美国和欧洲其他国家的记者前来采访时,老百姓和阿谀奉承之流迅速地剪破了他们之前悬挂的旗帜,把民德的标志从旗帜上彻底剪掉,让那些破着大洞的旗帜在西方照相机前飘摇,而如今这些人又哀叹留存在自己心中的"破洞"。除此以外,作者还详细地描述了为国家和人民满腔热情、勤勤恳恳工作的"同志们"——意指从事宣传工作的人员——在选举日这天繁忙又充实的政治生活。他们一早就忙着把那些不愿和大家一起庆贺这个特殊日子的公民记录在案。之后,他们又忙着参加庆祝游行活动。接下来,他们会回到自己家中,继续忙于一堆美好而繁忙的日常工作。最后,他们会去工人阶级——也就是他们为之奋斗的阶级——聚集的酒吧休息一下。然而,这两方往往会在简短的讨论之后,旋即开始拳脚相向。雅各布没有直接抨击民德的这些政治现象,而是以幽默讽刺的口吻记录下了选举日的部分场景。恰恰是通过这样看似不经意的描写,读者看到的不仅仅是这些现象的荒谬之处,也继而可以推想,当时民德社会形式主义问题的严重程度。

在关于民德历史的研讨中,政治上的形式主义一直以来都遭人诟病,而民德选举过程中的形式主义更是众矢之的。当时社会中还存在非常严格的阶级划分,大部分老百姓都属于被压迫的阶级,他们根本不能合理地按照自己的意愿去行使选举权。① 正如雅各布在作品中描述的那样,这样的形式主义在选举日达到了最高潮。到了这一天,整个城市都被各式的旗帜和标语包裹。工厂的工人们和学校的学生们尽可能整齐划一地身着蓝色衬衣,一大早,便由专业导师和自由青年联盟带领来到选举地点集合。② 国家人民军和另外一些拥有武器的部门,还会在选举地点的出口处进行封锁。③ 任何不同意的声音都会被这样的大环境吞没。雅各布作品中那些形象的描述,正是来自于这样的民德现实。

  青年人和流行这个概念密不可分。当今的流行文化从根本上来说是青少年文化的一部分。在新流行文学中,对青年人生活的描写,在作品中通常占有很大的比重。④ 这类作品中的主角往往年纪轻轻,大多只关注自身爱好和问题,对其他事情兴趣寥寥。而作为青少年成长必经阶段的青春期,更是作家钟爱的话题。在这一阶段,青少年的思想和身体都发生了突如其来的变化,为作家的创作提供了丰富的素材。例如莫名叛逆、与父母冲突、对异性萌生爱意、初次性爱体验等都是新流行文学的常见内容。

---

① Vgl. Stefan Wolle: Die heile Welt der Diktatur — Herrschaft und Alltag in der DDR 1971–1989. Berlin 2009, S. 154.
② Ebd., S. 155.
③ Ebd.
④ Vgl. Frank Degler/Ute Paulokat: Neue deutsche Popliteratur, a. a. O., S. 43.

《我的第一件 T 恤衫》中的内容也涉及了许多青少年以及他们青春期阶段的生活经历。雅各布在作品中概括了青春期到来所带来的变化："青春期就是人生前进途中的骤停点。"①原来一切运转正常的生活，突然在这一阶段乱作一团。原来顺从家长教导认真学习的孩子们，突然间变得偏执又狂躁，不惜冒险触犯禁忌。在第十三章中，作者描述了一群青春期躁动不安的小伙子们尝试酗酒的经历。他们在好奇心和冒险精神的驱使下，决定违背未成年人禁酒令，品尝醉酒的滋味。又如在第十九和二十章中，作者又以细腻的笔触描写了青春期的叛逆和初尝情爱的心动。朋友海纳实在无法明白女孩子的复杂心思之后，竟把他的女朋友萨拉让给了主人公。他和萨拉经历了初次恋爱的甜蜜。当听说萨拉一家要搬去西德时，他心碎不已。但是在经历尴尬的第一次亲密接触之后，萨拉很快就喜新厌旧地抛弃了主人公并找到了新男友，他又第一次真心觉得，柏林墙的存在有时也颇有好处。

　　主人公的青春期体验，表面上与民德特殊的历史无关。这样的经历在曾经度过青春期的成年人回忆中也很常见。但是，雅各布却给描写初次情爱的第二十章取名为"我头脑中的柏林墙"，实则暗示了柏林墙在主人公的恋爱过程中扮演了一个决定性的角色。这堵墙不仅让第一次经历爱情的主人公感到撕心裂肺，而且它在大多数

---

① Jakob Hein: Mein erstes T-Shirt, a. a. O., S. 107.

民德人眼中是一条不可逾越的障碍。从1961年到1989年,柏林墙见证了逃亡者的幸与不幸。幸运的民德逃亡者一跃高墙而过,奔向自己向往的西德生活,而等待不幸逃亡者的只有无情的死亡。无法相聚的亲人、爱侣、朋友也只能隔墙相望。雅各布笔下只算得上人生小风浪的青春期经历,却也揭示了柏林墙这段历史让人们铭记在心的真正原因。

在新流行文学中,少年回忆和日常生活是重要的主题。70年代童年的回忆本应尘封在记忆深处,但作家们却将这些儿时记忆当作一代人别样的视野重新挖掘出来。① 这些个性化的故事却不只是作家个人的自我表达,它反映的是同一社会背景下一代人的共同体验。这种体验让作品具有一种特别的吸引力,很容易引起那些拥有类似经历的读者的共鸣。

尽管《我的第一件T恤衫》描述的情节和场景,都来自于主人公的个人经历,但是毋庸置疑的是,只要是同时代在民德成长起来的孩子们,都不会对雅各布笔下的场景、事件和现象感到陌生。正是当时特殊的社会和政治环境,塑造了包括雅各布本人在内的这一代人的共同经历。他也正是通过对这些共同经历的描述,达到了书写民德历史的目的。

雅各布·海因的这部《我的第一件T恤衫》重点描写

---

① Frank Degler/Ute Paulokat: Neue deutsche Popliteratur, a. a. O., S. 63.

了主人公在民主德国的童年以及青少年生活。作品内容涉及流行音乐、新媒体、政治、青少年文化、少年回忆等诸多领域,展示民德社会和文化的多样性和复杂性。通过作者生动幽默的笔触,读者不仅仅能够了解民德流行的朋克音乐、偷看西德电视节目的趣闻、滑稽可笑的选举日和令人莞尔的青涩恋爱,还能久久回味那段历史并同时产生深刻的思考。正是因为雅各布融合了历史书写和流行文学,才产生了这样的效果。流行文化和大众文化是作者这一代人重要的社会记忆,也是流行文学的重要观察对象。流行文学作为一种特殊的文学类别,主要通过对社会表象的加工,映射深层的社会和历史问题。这一特色在流行文学发展之初,曾给它带来了肤浅、毫无深层研究价值等诸多负面的评价。但事实上,流行文学自萌发之际,艺术家们就旨在通过对表面现象的文学加工促使读者了解深层的社会现实。早期的流行文学作品,例如20世纪六七十年代的流行文学作品在今时今日已然不能再称之为"流行"了。然而,不再流行不代表这些作品已经完全失去意义和价值。当我们进一步去探明作品中呈现的各种表面现象及其出现的缘由时,就会发现表面下暗含的各种特殊的历史条件。雅各布在文中就是以记录描绘这些社会表象为主,没有专门对社会历史进行说明,某些重要的历史条件仅被作者用一句玩笑话带过。但是透过这些表象,读者不难发现背后隐藏的历史真实。作品为读者理解民德历史提供了一种独特而生动的视角,所有生活表象乃是时代政治、经济、社会条件相互作用产生的结果,也证明了即使流行文学作品所描写的流行文化现在已经不再流行,它们还是会成为映照时代历史的镜子,成为理解现实社会的前提。

第三节 小写历史:雅各布·海因作品《申请永久出境许可》中的历史书写研究

读者通常将轶事文学作品视为历史名人的笑话或诙谐的历史小故事,而不会将它与其他文学类别如小说、戏剧、诗歌等相提并论。现当代作家很少会使用轶事体裁进行创作。轶事的历史和理论对于很多文学爱好者和研究者来说也比较陌生。显然,轶事只被人们放置在了文学这方土地的边缘角落。尽管轶事至今仍保有独特的生命力并吸引着众多读者,但是它一直被研究者忽视。而敢于在创作中不断尝试的雅各布·海因在他2007年出版的作品《申请永久出境许可》中,大胆利用轶事体裁,讲述了30个关于民主德国的隐秘故事。

轶事并非大部分的德语地区作家青睐的文学体裁,也一直得不到文学研究者重视。这一现象主要是轶事自身的特点所造成的。首先,学术界难以就轶事的定义达成共识。从事轶事理论研究的学者必须先解决如何将它与其他短篇叙事作品区分开来的问题。轶事与其他体裁如笑话、回忆录、日历故事、短篇小说等都有相似之处。在试图将轶事与其他体裁分离的过程中，轶事也渐渐成为一种模糊的综合概念，包含所有可能属于轶事的元素。① 许多作家和研究者都对轶事进行了定义或者指出其主要特点，大部分研究结果都阐明了轶事与历史，尤其是著名的历史人物和事件的紧密联系。诺瓦利斯称："历史是一篇放大的轶事。一篇轶事是历史的一个组成单元——一个历史分子或者箴言诗。轶事中的一段历史——类似的话伏尔泰也曾说过——是一部极其有趣的艺术作品。"②基于先前的各种定义和研究成果，于尔根·海因（Jürgen Hein）在其编著的《德国轶事》（*Deutsche Anekdoten*）一书中给出了如下定义："轶事是在集体的叙述环境中产生和完成的短篇叙事散文，它以一种高度集中的方式，讲述一个历史上真实的或者可能对人类具有重要意义的事件（人物、场景、情形等等）。"③这个定义恰当地总结了轶事与历史人物和事件的紧密关系。此外，文学研究一直以来忽视轶事的另一个原因是，大众传统上认为轶事只是类似于正史的补充材料，甚至不把它视为文学的一个类别。尽管如此，每一种有关轶事的观点都肯定了轶事作品对历史事实的依赖。

雅各布·海因在《申请永久出境许可》中正是利用轶

---

① Vgl. Jürgen Hein: Deutsche Anekdoten. Stuttgart 1976, S. 353.
② Richard Samuel(Hg.): Novalis: Schriften. Bd. 2. Stuttgart 1965, S. 567.
③ Jürgen Hein: Deutsche Anekdoten, a. a. O., S. 370.

事这一显著特点,书写了他记忆中的民主德国历史。在这部作品中,雅各布描绘了民德历史背景下发生的多个事件。作品的不少章节涉及民德的几位重要政治人物,但是雅各布的故事与传统轶事之间存在着很大不同。传统轶事总是以大人物为主角,集中描写大人物不为人知的私密故事或是他们奇异的性格特征,但《申请永久出境许可》中的故事却不只谈及大人物,雅各布在此利用轶事戏谑的口吻,描述了发生在民德的30个小故事,关涉社会生活的各个领域。

其中,第一、十一、十三、二十一、二十五章主要叙述了民德相关的政治人物和围绕民德政治活动而展开的有趣故事或传闻。例如,在第一章中,作者讲述了民德政府如何处理图林根州一段随时可能倒塌的柏林墙的故事。最早发现这段柏林墙开裂的人和最终给出解决方案的民德建筑委员会的许多成员,最终都借此机会逃往西德。第十三章是整部作品标题所涉及的故事,海因讲述的是民德领导人昂纳克令人尴尬的永久出境申请让国家安全部门人员伤透了脑筋。

在第五、十五、十八、二十三、二十四、二十七、三十章中,作者谈及了民德的经济生活。第十五章围绕民德的标志性汽车——"卫星牌"汽车,讲述了汽车商与政府为稳定物价的政策展开"斗智斗勇"的活动。而在第二十七章开篇,作者就点明了民德经济的一大特点是无所不在的缺乏。最致命的是,工人缺乏工作动力,企业缺乏原材料。因此,民德政府总希望能制造出使用寿命长的产品,但这始终是个难以实现的愿望。然而,这样的愿望竟然催生出了一种名为 Aknex 的神奇药物,它主要用来治疗粉刺,据称只需服用一次就能保证多年不复发。

第九、十、十七、十九、二十、二十八章中的故事与社会文化生活息息相关。在第九章中,雅各布提到了民德文化发展的一个关键词"比特费尔德道路"。当时,民德政府十分重视艺术和文化的发展。一方面是为了同西德区别开来,另一方面是为了借助积极活跃的文化生活,对外宣传自己的正面形象。所以,人们想方设法地要将艺术家的创作和工人阶级的生活结合起来。据此,民德政府提出了"比特费尔德道路",旨在让工人阶级也能享受到先进的艺术和文化成果。而在第二十八章中,民德领导层意识到,他们不能只靠马克思列宁主义的口号去赢得人民。为了满足人民追捧西方明星的愿望,他们想出了一系列的办法。政府花大价钱购买明星的唱片版权,邀请艺术家到民德来表演。因为这些明星对民主德国的马克不感兴趣,因此政府只好通过其他手段支付演出费用,例如古玩文物。而通过这些特殊的支付手段,越来越多的明星乐意来到民德了。其他章节则关系到社会生活的其他方面,例如人口出生问题、兴奋剂的使用问题、毒品政策等等。

通过上述内容概要可以看出,雅各布这部作品所包含的故事均与民德历史有关。正如许多研究者所言,轶事和其他短篇文学体裁并不容易区分开来。所以,仅凭与历史相关这一条特点，还不能断言这部作品是一部轶事集。根据福尔克尔·韦贝尔(Volker Weber)以及鲁道夫·舍费尔(Rudolf Schäfer)对轶事的分析和总结，雅各布这部作品的内容和形式都具有明显的轶事特征。福尔克尔·韦贝尔在他的专著《轶事——另一种历史》(Anekdote: Die andere Geschichte)中指出，轶事最为明显的特点之一就是篇幅短小，并且绝大部分的轶事作品都叙述一个事件或者场景。① 一篇轶事中一般不会出现多个事件。雅各布的作品中也具备这些特点，每篇故事篇幅短小，内容简化，且只叙述一个事件。这一点从作品章节的标题中就可以发现。例如，第四章的标题是"沙尔夫施泰因的发音"，第八章的标题为"扬·格鲁勒的发现"，第二十一章为"一次极有价值的慰问"。

《申请永久出境许可》的故事结构与传统轶事的结构基本相符。鲁道夫·舍费尔认为，一篇轶事主要由引子、过渡和结尾高潮三部分组成。② 引子部分简洁地介绍事实、数据、情况或者联系等。舍费尔还特别强调引子要提及参与情节的人物名字，其中通常应包含有一位耳熟能详的历史大人物的名字。过渡部分通常包括某种程度上的"不合适"(Unangemessenheit)，即故事情节发展的不合理。例如，按照逻辑原本应该发生的事情最终没能发

---

① Vgl. Volker Weber: Anekdote. Die andere Geschichte. Tübingen 1993, S. 33.
② Ebd., S. 29.

生。结尾高潮部分是过渡部分的"不合适"造成的结果，通常很简短，寓意深刻，超出了文本本身的内容。雅各布作品的故事结构与舍费尔的观点基本一致。每篇故事开端都会有简短的故事背景介绍。因为很多故事的发生和展开与民德的两任领导人乌布利希和昂纳克有直接关系，他们二人多次出现在了不同故事的引子部分。过渡部分的"不合适"多半体现在民德政府为稳定国家、超越西德、提高人民生活质量所做出的表面功夫上。例如第九章中，按照政府的期望，七位刚刚毕业的表演系学生被分配到不同的工业领域体验工人阶级的生活。这七位学生在自己的岗位干得非常出色，也充分地调动了周围工人们生产的积极性。过后，他们为企业的革新提出了建议，认为企业应该给予他们革新者的称号，并且应该发放与这种称号相匹配的奖金。这下企业主们纷纷不干了，强烈要求民德政府停止这项艺术家和工人阶级合作的实验。最终中央委员会向企业家妥协了，停止了这个项目。这篇小故事表明，从一开始领导层愿望的提出到实验的实施，一切都进行得十分顺利。可一旦计划与企业的实际情况发生矛盾，这种表面功夫就不得不停止。这样的结局说明，这一计划从一开始就是异想天开，根本没有考虑到实际情况。这是领导阶级和人民实际生活脱离的典型例子，也是舍费尔总结出的，一个标准轶事结尾应有的超越故事本身且发人深省的含义。

这部作品的引子部分还有一个特点：多篇轶事开头都

有一句开篇点题式的句子。例如第九章《施特拉斯贝格在比特费尔德》开篇有这样两句描述:"艺术和文化在东德具有非常重要的地位。人们把百花齐放的文化生活视为同西德区别开来的特殊机会。"①第十九章的开篇是:"民主德国在与经典大家们打交道的时候总是有很多问题。"②第二十一章的开端则是:"尤其是民主德国的最高政治领导层几乎不怎么接触他们所统治国家的生活现实。"③这些开门见山式的句子,交代了作为故事背景的民德历史、社会生活特征,点明了故事所涉及的主要范围,也一针见血地指出了故事的起因。作者在故事开篇使用这样的句子主要有两种用途:一是为不熟悉民德历史的读者提供故事的前情说明,二是为接下来故事情节的展开营造真实感。

通过对上述轶事特点的总结和对雅各布作品个别章节的举例分析,可以得出论断,这部作品中的故事具有绝大部分轶事的特征。但雅各布选择轶事体裁的原因却有些耐人寻味,毕竟轶事一直以来并未受到文学研究的重视,也从来不是大部分作家钟爱的体裁。难道作家是为了标新立异故意为之?答案是否定的。

雅各布选择轶事书写历史的首要原因在于该体裁与历史真实的关联性。轶事之所以得以同其他类似的文学

---

① Jakob Hein: Antrag auf ständige Ausreise: und andere Mythen der DDR. München 2008, S. 39.
② Ebd., S. 92.
③ Ebd., S. 103.

类别区分开来,正是因为它对于历史关联性、真实性有特殊要求。轶事从其本源上来看是为历史编纂学和传记服务的。韦贝尔在区分轶事和笑话时说:"轶事提出了对真实性的要求,而笑话则明显可以是虚构的。"①笑话中的虚构,在很多情况下可以达到某种极致的程度。内容可以是作者的幻想,也可以是荒谬的甚至是不可信的。相比之下,轶事要更贴近于历史真实。至少能让读者感觉,故事有可能会发生。舍费尔在他的书中亦提到:"轶事与现实的紧密联系要求作家对引子部分作出具体的内容安排,可以通过提及一个人人皆知的姓名来表现这种具体性;而在笑话中则相反,事件的背景是模糊的,人物通常都是匿名的。"②轶事这一特点,即其与历史真实的关联性,在雅各布的作品中都有体现。

写作动机是雅各布选择轶事体裁的第二个重要原因。"雅各布·海因就不是雅各布·海因了,如果他不能够解释他的动机。"③一位名叫皮尔茨的记者在采访完雅各布之后,在采访手记中这样写道。雅各布在采访中提到,在这部作品中,他写下的是他对民德"负面神话"的感觉和反应。④两德统一以后,一系列对原民德国家政权的清算活动逐

---

① Volker Weber: Anekdote, a. a. O., S. 23.
② Rudolf Schäfer: Die Anekdote. Theorie-Analyse-Didaktik. München 1982, S. 64.
③ Siehe: http://www.welt.de/kultur/article1060711/Die_DDR_ihre_Drogen_und_andere_Legenden.html Zugriff: 30. 06. 2023
④ Ebd.

步开展，之前一些不为人知的秘密故事，也不断通过作家的文字暴露在公众面前，让人惊呼不可思议。这些真实的故事，听起来就如同神话一样让人难以置信。而这样的神话赞美的不是神祇的伟大，而是讽刺了民德当局对人民长期的精神压迫。这就是雅各布口中的"负面神话"。

此外，以往大家熟知的民德文学作品都和政治活动有关，尤其常见的是披露和控诉国家安全部政治监控和迫害的作品。例如，民德作家克里斯塔·沃尔夫1990年发表的作品《何去何从》(*Was bleibt*)就曾引发著名的"文学战争"。这类作品中对民德政治的严肃批判态度，并未在雅各布的作品中出现。他秉承一贯幽默诙谐的风格，轻松地叙述历史故事。这种风格和态度贯穿了他几乎所有以历史书写为主的作品。他总是选取贴近生活的场景片段，用简洁生动的语言讲故事，并通过这些故事恰如其分地表达自己想法。这种风格的形成与他所参加的"朗读舞台"这种艺术形式有着密切的关联。在这种舞台上，作家们通过寥寥数语描绘最能吸引人的小故事。而民德的秘密故事最能符合"朗读舞台"听众们的需要。从以上几点来看，雅各布选择轶事这种文学形式来记录民主德国历史也就不足为奇了。同时，这种独特的个人风格和作品形式也使得他的历史书写不落俗套。

作品中的许多故事都展示了雅各布利用轶事特点书写历史的具体手法。以《牙买加计划》这篇轶事为例，作者在讲述故事发生的原因时，便提到了几处有据可查的历史事实。他首先提到,从 1970 年开始,民德不断地报道西德青年人的吸毒问题。1971 年民德统一社会党召开了第八次党代会后,大众媒体在民主德国社会系统中持续扮演重要的角色。它成为民德宣传自身社会主义信条和抨击西方资本主义的宣传工具,也成为影响大众的重要元素。为了显示民德各个领域的先进性,各类媒体频频选取西方尤其是西德政治文化生活中的负面现象作为报道主题。

雅各布提到的西德青年人吸毒问题,便是民德的公众媒体热衷报道的话题之一。至于为什么要选择吸毒问题作为重要的报道对象,可能有多种原因。其中一个原因是和西德相比,民德并没有出现严重的滥用毒品问题,这就成为了两个德国比较中,可以显示民德社会体制优越性的一个方面。雅各布通过这篇虚构的轶事解释道,主要是由于"牙买加计划"前期试验的失败,民德政府才决定实施严格的毒品控制政策。但事实是,在民德,因为缺少出游的机会和严格的边境检查,所以非法毒品相对少见,取而代之,最受欢迎的麻醉剂是酒精。因此,民德青年人酗酒成瘾和过度吸食烟草的问题十分严重。正如雅各布在作品中提到的,"接连不断的充足的酒和香烟的供应,从民主德国成立的第一天到最后一天,都是一个确凿的事实"。① 虽然当时由国家控制的媒体始终没有公

---

① Jakob Hein: Antrag auf ständige Ausreise, a. a. O., S. 27.

布过国内惊人的酒类消费数据,但后来的一系列统计数字显示,饮酒过量是影响民德民众生活的头号问题。① 例如,15岁以上的民主德国人中,有95%都是酒类消费者,估计其中的1‰~2‰有严重酒瘾的嫌疑。② 作者还根据民德人过量吸食烟草的问题,杜撰了一个国家秘密大量生产烟草的故事。雅各布在解释为什么民德企图实施"牙买加计划"时,重点提到了国内年轻劳动力不断流失的现象。青年人向往自由的天性驱使他们想尽办法纷纷逃往西德。民主德国人在柏林墙筑起之后不断逃往西德的事实也经常出现在史书和电影中。这一事实也成为了故事"牙买加计划"的起因。

那么,"牙买加计划"究竟是什么? 为了留住民德境内的青年人,民德考虑放宽毒品政策,希望通过这个"小嗜好"来吸引住他们。当时苏联的一些盟国,如阿富汗,是主要的毒品来源国。有了这样的毒品供应地,民德政府甚至还希望通过开放的毒品政策来吸引西德的有为青年,让他们能够放弃西德,投奔民主德国的怀抱。这就是民主德国政府的"牙买加计划":通过开放的毒品政策吸引青年人留在民德。1979年,政府启动了计划的前期试验。由自由德国青年联盟(FDJ)骨干和友好的社会主义

---

① Vgl. Monika Reißig: Gesellschaftliche Bedingungen für den Alkoholmißbrauch Jugendlicher in der DDR. In: Walter Freidrich/Werner Hennig (Hg.): Jugend in der DDR: Daten und Ergebnisse der Jugendforschung vor der Wende. Weinheim und München 1991, S. 134.

② Ebd.

青年团(Sozialistische Jugendorganisation)共同举办国际露营活动,活动的参与者们就是这次试验的对象。他们在喝下由阿富汗参与制成的红茶之后,在神志不清的状况下,做出了一系列狂乱的行为,令民德政府十分难堪。最终,政府还是决定放弃"牙买加计划"。从此以后,民德的媒体开始大肆传播西德年轻人吸毒成瘾的负面消息。在这篇轶事结尾部分,作者笔锋一转,揭示了"牙买加计划"的真相。重新调查整个事件以后,人们才知晓为什么露营参与者行为怪异。原来,为了表达兄弟国家之间的"深厚情谊",阿富汗在民德政府让他们提供试验所需的毒品时,提供了纯度最高的毒品。

很多读者在阅读这部作品后,会好奇"牙买加计划"是否真的曾经存在过。这只是读者对此书产生的众多疑问之一,因为许多故事看起来都非常真实。雅各布在接受采访时,曾狡黠地告诉记者,在他将原稿寄给出版社半年之后,编辑才对他其中一些故事的真假提出质疑。① 在作品中刻画得惟妙惟肖的"牙买加计划",在有关的民主德国历史书籍中其实难觅其踪。在80年代的民主德国,毒品问题确实存在。但同时这一问题在整个西欧,包括波兰、匈牙利等国家以及地区日益严重。②原本民德的货

---

① Siehe: http://www.welt.de/kultur/article1060711/Die_DDR_ihre_Drogen_und_andere_Legenden.html Zugriff: 30. 06. 2023
② Vgl. Walter Friedrich/Hartmut Griese(Hg.): Jugend und Jugendforschung in der DDR: Gesellschaftspolitische Situationen, Sozialisation und Mentalitätsentwicklung in den achtziger Jahren. Opladen 1991, S. 208.

币不能自由兑换外币,一定程度上限制了毒品泛滥。① 但随着边境开放,德国马克可以作为支付手段使用后,毒品问题开始危害民德,而政府对此也没有做好应对准备。② 据统计,至少在16~18岁的青少年中,沾染毒品的人数不断增加。③ 正处在这个年龄段的雅各布对此印象深刻,在书写回忆时就将之作为80年代民德青少年中常见的现象加以记录。有这段史实作为基础,虚构才显得格外"真实"。当读者把雅各布自己的坦白,这篇《牙买加计划》以及与故事相关的历史记载比照时,可以得出这样的结论:雅各布依据几个重要事实——民德媒体对西方麻药消费问题的大规模报道、民德秘密的酒类商品和烟草供应以及民主德国青年人的大量流失——编造出了一个符合逻辑又别出心裁的"牙买加计划"。他以真实的历史为背景,虚构了这些故事情节,甚至故意应用大量确凿的事实进一步加强他虚构的可信度。这恰恰显示出了雅各布在创作时的匠心独运。

虽然故事来源于虚构,然而"牙买加计划"的制定和实施,清晰地显露了民德政府领导层的行事特点。特点之一是虚伪:他们为了提高民主德国的形象,一方面刻意

---

① Vgl. Walter Friedrich/Hartmut Griese(Hg.): Jugend und Jugendforschung in der DDR: Gesellschaftspolitische Situationen, Sozialisation und Mentalitätsentwicklung in den achtziger Jahren. Opladen 1991, S. 208.
② Vgl. ebd.
③ Vgl. ebd.

反复利用负面消息放大西德以及其他西方阵营的国家社会问题的严重性；另一方面控制媒体，对公众隐瞒自己国家的一些严重问题。特点之二是不切实际：他们不去寻求积极发展国家的良方，却时常考虑利用成效不大的措施改善不良的状况。特点之三是为达目的不择手段：为了阻止青年人不断流失，他们不惜一切代价。雅各布正是根据当时民德政府众所周知的行事特征，构思出这样的情节。夸张的虚构突出了民德领导层的办事风格，而这种风格正是雅各布批判的对象。

于尔根·海因曾在他的书中提出了"文学轶事"的概念：

> 在历史书籍、编年史、传记、回忆录中或是在当今大众媒体中的轶事元素虽然有一种叙述和娱乐的功能，但它们最终是用来强调真实信息和文档记录的。而相反的情况，人们可以说，出现在文学轶事中。在这里历史元素的所有功能就是加强和强调叙述的维度。①

这类轶事既包含真实历史部分，也有作家的虚构叙述，真实的历史主要为作者的虚构服务。以《牙买加计划》为例，雅各布这部作品中的绝大部分故事都属于这类文学轶事。但他的虚构也绝非毫无根据和目的的胡言乱

---

① Jürgen Hein: Deutsche Anekdoten, a. a. O., S. 359.

语,而是选择民德的真实情况作为想象的基石。其中包括：民德领导层和政府机构(如国家安全部)的一些众所周知的特征以及广大人民在压抑的政治环境中和有限生活条件下所表现出来的生活智慧。正是围绕着这些基本事实,雅各布充分发挥他的想象力写下了一篇篇诙谐的民德故事。

不仅是在《牙买加计划》一文中,读者可以看出作者将历史事实和虚构情节完美结合的手法。几乎所有章节都具有这样虚实结合的特点。例如,《申请永久出境许可》向读者展示了民德国家安全部的办事特色。故事开端是国家安全部官员博多·施密德吃惊地收到署名为"埃里希·昂纳克"(当时的民德最高领导人)的永久出境许可。申请中昂纳克提到,他因为操劳太久没有回到过自己位于西德的家乡,所以想申请离开东德定居西德。安全部所有工作人员立刻紧张起来,迅速采取高度保密措施,并集结了数人成立了专门处理此申请的临时委员会,设计出了几个十分周密的解决方案。最初看到这封申请信的施密德接到指示,不动声色地回到自己家中,等待下步指示。怕当面询问领导人会引起他的情绪波动和身体不适,安全部暗中使用各种手段甄别申请信的真伪,甚至派专人监视昂纳克的行动。最终这件事情尚未解决,就因为随后到来的东西德合并而被人遗忘了。后来人们才发现,施密德离开国家安全部多年之后,仍秘密地获得政府有关部门的经济支持。而那份署名为昂纳克的申请信,最终流入了美国中央情报局手中,并被确认是昂纳克的亲笔申请。

在这个不同寻常的故事中,雅各布用夸张的手法,惟妙惟肖地描绘了国家安全部"滴水不漏"的办事流程,以及该机构成员的训练有素和高度责任感。为了履行他们的职责,他们甚至将领导人也纳入监控体系之中。安全部以及秘密警察的震慑力量,在众多的民德文学以及影视作品中都有展现。而当这种历史真实同昂纳克的个人意愿结合起来的时候,故事就产生了一种轶事特有的滑稽效果。这种效果尤其体现在故事的结尾部分。作为民德政府的头号人物,昂纳克在这篇轶事中扮演了关键角色。故事展现了他作为普通人的一面。他身为民德的领导人,也难免会有年迈时分,饱受思乡之苦的时刻,但是他的出境申请必然会在民德掀起轩然大波。富有责任感的安全部为维护政权稳定和国家安全,势必要动用一切手段解决问题。在这些众所周知的事实铺垫下,雅各布的虚构情节显得真实可信。作者借助这个故事,生动刻画了民德安全局过度谨慎和小题大做的作风。

新历史主义作为后现代主义思潮中重要的一支,它的兴起改变了人们对于轶事这一体裁的认识。新历史主义理论重视文本和历史之间的关系。为了反对旧历史主义"一言堂"的传统,新历史主义研究者重视被文学传统排斥的边缘化的文学类别,例如传说和轶事。他们重视对民间传说和轶事的研究,并提出"逸闻主义"这一说法,强调其"触摸真实"和"反历史"的重要诗学价值。① 通过对轶事的细节研究,新历史主义将轶事视为真实生活遗留下的踪迹。位于史学和文学研究的边缘地带,轶事与既往真实生活更加贴近。由于轶事中历史书写的特点与传统史学宏观叙事之间的差异,新历史主义选择轶事作为反对传统的重要证据。轶事中的历史书写与传统史学中的历史书写的差异,不仅表现在轶事更加细节化和贴近生活,展现着与官方历史中截然不同的内容,而且还具有明显的文学性。文学创作,特别是轶事写作自然是追求真实,却不乏虚构的内容。虽然新历史主义的重要代表人物海登·怀特认为历史文本具有虚构性,但是历史文本中的虚构和文学中的虚构,即作者有意识的虚构相比,无论是在语言、形式还是虚构内容所占比例方面都存在差异。相比之下,文学亦真亦幻的效果及其趣味性,通常比史书上枯燥无味的数据更能说明事实最核心的问题。通过雅各布简洁幽默的故事,民德政府匪夷所思的行为以及人民无穷的生活智慧等内容在读者的脑海中留下了深刻的印象。而如果只是翻看一部民主德国历史,就不一定能获得相同的效果。原因在于雅各布在追求真实的同时,以真实为基础进行虚构,放大了某些人物和阶层的特点,使故事具备了滑稽有趣且发人深省的双重效果。

---

① 参见张进,高红霞:《论新历史主义的逸闻主义——触摸真实与"反历史"》,见《兰州大学学报(社会科学版)》,2002年02期,第21页。

总而言之，这部《申请永久出境许可》体现了轶事体裁的诸多特征。作者雅各布·海因在展示历史上的民德政治、经济、文化生活真实情况时，加入了让人真假难辨的虚构情节，放大了民德领导阶级和普通百姓生活中的特别之处，从而讽刺了当时社会的诸多弊病。随着时间的推移，越来越多经历过民德生活的作家纷纷披露不为人知的历史细节，也有越来越多的秘密档案被逐步解锁。昔日仿佛陷入重重迷雾的民德历史正愈发清晰。雅各布这部作品中的历史书写无疑为揭开民德历史的面纱尽了一份努力。

第四章　微观历史的文学建构：海因父子作品中历史书写的异同

第一节　海因父子作品中历史书写之同

父子作家克里斯托夫·海因和雅各布·海因,在他们的作品中都展现了文学中历史书写的特点。通过对几部作品的详细分析和对比,可以发现两人作品中历史书写的最大共同点是展现了文学中的历史书写之于历史学的历史书写所具有的普遍特征。

首先,从文本的真实性与虚构性来看,文学文本中的历史书写主要以虚构为主。虽然克里斯托夫·海因的经历与《一切从头开始》中主人公的经历非常相似,雅克布·海因在《申请永久出境许可》一书中也故意用细节制造出令众多读者难以分辨的逼真假象,但归根结底,他们作品中的人物和情节只是可能存在的人和可能发生的事情,而不是真实的人物和事件。不管这样的虚构性是作者有意追求的，还是无意为之，它都普遍且大量地存在于文学作品中。这种程度的虚构并不是构成历史学中历史文本的基础。历史学家的历史书写仍以记录已发生的事实为目的。

其次，文学与历史学中历史书写的另一个重要区别体现在具体性与概括性上。具体性指文学中的历史书写主要描写具体的人物及其生平和经历，以及社会历史条件对这些人物的生活产生的重要影响。透过这些人物的经历，读者可以了解当时真实的历史状况，以及处在这一历史大环境中个人的生存状况。例如，在克里斯托夫·海因的《占领土地》中，主要人物都来自民德社会底层，故事围绕着这些人物的日常生活展开。民德社会政治的变化给他们的命运带来了巨大改变。主人公哈贝尔的一生都深受德国战后历史（尤其是民德历史）进程的影响。如果不是因为"二战"之后的"波茨坦协定"，他一家人不会被迫来到古尔登堡这个小城。后来，他参加合作社运动宣传队报复当地人对自己的仇视，利用民德政府严禁民德人逃往西德的政策发了一笔横财，并借此最终改变了自己穷苦的命运，飞黄腾达。如果没有这一系列社会历史的变迁，主人公也不会有这样的命运轨迹。雅各布·海因的作品也大多描绘了普通人的日常生活场面。概括性指的是历史学著作中对历史事件宏观层面上的概括描写。历史学家往往注重的是某一重要历史事件的前因后果，呈现整个社会或者是某一群体的整体情况,而不会具体到个人。

再次,在某些情况下,文学中的历史书写是对历史学中历史书写的更正和重要补充。在后现代主义历史研究中,新历史主义对历史文本的全新解读使传统历史主义的历史书写的客观性遭到了严重的质疑。新历史主义者一针见血地指出,历史文本都是由主观个人所写,其对历史的认识会受到社会环境、意识形态等各方面的影响,视野会有局限。因此,历史书写不可能实现完全的客观。例如,民德官方历史就并未能够完全真实地记录客观事实。1978年,民德国家出版社在柏林出版了《民主德国——社会、国家、公民》(*DDR: Gesellschaft, Staat, Bürger*)。书中总结了民德从1949年建立到20世纪70年代中期所取得的成就,重点放在歌颂昂纳克执掌政权后社会所取得的巨大进步上。整本书使用的都是类似口号的标题,例如:"民主德国成功之路的前提条件、基础和动力""妇女们——社会主义积极的建筑者""代表们——人民信任的承载者"等等。[①] 书中的描述可谓千篇一律,都是民德社会各个领域所取得的长足进步。列举的各类表格也都显示,这个国家从1950年开始就一路向着更完善的方向发展。全书没有提及过去以及现在发展道路上所出现的失误或存在的问题。与这一时期民众真实的生存状况对比,或者与同时代的西德历史学家、两德统一之

---

① Gerhard Schulze: DDR: Gesellschaft, Staat, Bürger. Berlin 1978, S. 5-6.

后的历史学家的历史著作对比,这样的官方史似乎谨遵的是"家丑不可外扬"的原则,可信度并不高。事实上,很多后来重新编写民德历史的学者都认为,民德这一阶段的发展潜藏着危机。虽然,民主德国的制度在 70 年代得到了稳固,也成为了十大工业国之一。大部分民众的生活水平也有所提高,但不满情绪却在上升。原因是"由昂纳克燃起的希望并没有得到实现,期望与现实之间出现了巨大的差距。最终,从 1977 到 1979 年,经济增速回落时,居民生活水平的发展处于停滞阶段"。① 此外,危机不只体现在经济困难上。在这一时期,越来越多的公民要求人权以及自由出境的权利。然而,《民主德国——社会、国家、公民》一书根本没有提及这些潜在问题。由此可见,在国家政权的意识形态控制之下,历史学家的历史书写未必能呈现真实的历史情况。而此时,生活在普通人中间,具备社会责任感的作家,会通过他们的文字对虚伪的、有所隐瞒的官方历史进行修正和补充。

在回忆和书写民德历史的作品中,克里斯托夫·海因自觉地担负起知识分子的责任,表现出他作为"编年史作者"揭露历史真实面貌的决心。早在 20 世纪 80 年代,民主德国尚存的时期,他就发表了《陌生的朋友》《霍恩的结局》和多部戏剧作品。这些作品都反映了民主德国民

---

① Hermann Weber: DDR: Dokumente zur Geschichte der Deutschen Demokratischen Republik 1945 - 1985. München 1987, S. 353.

众真实的生活情况,而这些在官方历史中鲜有记载。《陌生的朋友》中的主人公在日常生活中受到邻居的监控,她内心的空虚以及作品中所反映出来的人与人之间的距离和冷漠,都反映了民德人一种普遍的生活和心理状态。《霍恩的结局》中的主人公霍恩在从事历史学工作时犯下政治错误,背上了沉重的心理包袱,最终走上绝路。这样的故事情节也反映了国家对个人的压迫和控制。

雅克布·海因在《我的第一件T恤衫》中描写了民德70至80年代青少年的日常生活,反映了民德后期的社会政治、大众文化对青少年发展的影响。他通过《申请永久出境许可》中的轶事夸张地指出了民主德国各个领域出现的问题。从克里斯托夫·海因的《一切从头开始》到雅各布·海因的《申请》,读者可以了解两代民众对民德体制的信任如何一路下滑,直到对民德政权彻底失望。如果说克里斯托夫·海因关注的是人的精神遭受压抑的现象,雅各布笔下展现的则是生活在民德最后岁月中的年轻人,对这个国家诸多领域发展的全面不满和对"官方结构的远离"[1]。民众对待民德体制的态度变化也被之后民德政权失败根源的相关研究所印证。据调查,1977~1978年,民德人对制度的忠诚度还相当高,但后来这种忠诚首先在年轻人和技术工人群体中消失。[2] 这些作品中

---

[1] Beate Ihme-Tuchel: Die DDR. Darmstadt 2007, S. 81.
[2] Vgl. ebd.

反映出的负面历史,在民主德国官方史中并未显现。因此,所有这些内容皆是对民德历史著作的一种有益补充。

两位作家都在民德消失多年后仍然在多部作品中回忆民主德国,这并非巧合。事实上,德国统一后,很多出身于民主德国的作家继续围绕着突然消失的故土进行创作。民主德国的文学史并未因为其本身的消失而中止。相反,许多研究者着手研究民德在文学中继续存在的现象。德国学者霍尔格·黑尔毕希(Holger Helbig)总结了德国统一后与民德文学相关的两种互为补充的文学现象:"一方面是对在民主德国期间创作的作品进行新评和改评,另一方面是对'民主德国'这一主题日益增多的特别关注。"[①]在两德统一之后,民主德国立即成为了文学界的热门话题。一方面,随着冷战的结束和民德往事的逐步公开,原来的民主德国文学读者和研究者不必再受到意识形态的束缚,西方评论家也不会再受到冷战思维的过度影响。因此,对民主德国时期作品的重新审视和评价必将持续下去。另一方面,原民主德国居民因为生活环境的突然改变,也因为统一初期,对全新的德国抱有过高的期望,自然会感到种种不适。带着生活的失意,他们通过阅读与民德历史相关的文学来怀念自己无法返回的故乡。同时,西方的读者对过去半封闭状态的民主德国

---

① Holger Helbig: Weiterschreiben. Zum literarischen Nachleben der DDR. In: Ders.: Weiterschreiben, a. a. O., S. 1.

内部发生的一切感到好奇，这部分读者也希望通过阅读更多的民德文学作品，了解神秘的民主德国。因此，黑尔毕希认为这两种现象将长期存在的观点不无道理。由于对民主德国文学作品的需求如此之大，很大程度上决定了民主德国文学的持续存在和发展。

两德统一之后，人们对民主德国文学的巨大期望，促进了创作和阅读民主德国文学热潮的形成。一些早在民主德国时期就声名远播的作家，如克里斯塔·沃尔夫、克里斯托夫·海因等，都在作品中回顾了民主德国的生活。很多出生在民主德国，现在是德国文坛重要力量的新生代作家，如克劳迪娅·鲁施（Claudia Rusch）、托马斯·布鲁西（Thomas Brussig）、雅各布·海因等也纷纷以民主德国历史为题材进行创作。① 这股风潮甚至超越了文学的界限，扩展到了电影等其他艺术形式。例如，沃尔夫冈·贝克尔（Wolfgang Becker）执导的电影《再见，列宁！》（*Goodbye, Lenin!*），勒安德·豪斯曼（Leander Haußmann）操刀的《太阳大道》（*Sonnenallee*）以及弗洛里安·亨克尔·冯·多纳斯马（Florian Henckel von Donnersmarck）的电影《窃听风暴》（*Das Leben der Anderen*）等都在上映之后引起了巨大的反响。这些作品不仅打动了众多德国观众，也赢得了全世界范围内的普

---

① Vgl. Holger Helbig: Weiterschreiben. Zum literarischen Nachleben der DDR. In: Ders.: Weiterschreiben, a. a. O., S. 6.

第四章 微观历史的文学建构：海因父子作品中历史书写的异同

遍好评。很多评论家把这股风潮视为对民主德国怀旧情结的迎合，甚至为此创造出一个新词 Ostalgie，意为民主德国怀旧情结。比如，在大众媒体上出现的民德怀旧真人秀，以及对民德文物、旗帜、制服、视频和各种稀奇古怪的日常用品等的展示。[①] 怀念民德日常生活的文字和贩卖民主德国旧商品的跳蚤市场都成为这种情结的象征。这种情结的产物一度成为了前民德人的心灵寄托。通过回忆的文字和民主德国的旧物，他们可以排解新社会环境带来的不适。对民德抱有好奇心的外国人也可以通过这股怀旧的潮流了解民主德国。然而，这一时期所有与民主德国有关的文学作品都可以笼统地看作是这种情结的产物，这一观点是值得商榷的。具体到本书重点研究的两位作家，他们在作品中也都以民主德国历史为主要描写对象，但不能简单地将他们的共同点看作是一种怀旧情结的表达，需要进一步探究的是这些作品的创作初衷与怀旧情结之间的关系。

从克里斯托夫·海因作品的持续影响来看，把他作品的成功归结于迎合了民主德国怀旧潮流是不合理的。实际上，海因最早的成名作《陌生的朋友》同样是以民主德国为故事发生背景，但这本书的影响力超越了东西德的

[①] Vgl. Susanne Ledanff: Neue Formen der "Ostalgie" — Abschied von der "Ostalgie"? Erinnerungen an Kindheit und Jugend in der DDR und an die Geschichtsjahre 1989/90. In: Seminar: A Journal of Germanic Studies, 43(2), S. 176-193, hier S. 177.

时空界限。就如同阿斯特里德·科勒(Astrid Köhler)对这本小说的理解:"今天生活在西方世界资产阶级环境中,处在勤于思考环境中的人,在阅读这本《陌生的朋友》时,也完全有机会体会到书中人物的个人困扰……就像当时铁幕两边的读者一样。"① 如果说1989年之前,民主德国作家的作品在西德受到欢迎,是因为他们带来了封闭的民主德国的新消息。那么1989年之后,为什么这部作品还会在现在的读者内心中掀起波澜?海因这部作品确实描绘了民主德国日常生活中的一些场景,但真正吸引读者的不是作品的实用价值和政治价值,而是他对人物压抑、空虚的内心世界的细致描绘。显然,作品的这种生命力不是来源于对民主德国单纯的怀念,而是来自作品深刻的思想内涵和丰富隽永的审美意蕴。

  海因作品的魅力并非源自怀旧情结,他书写历史的目的不在于怀念民德。相反,他在作品中描述过去,是为了从过去中寻找现存现象和问题的根源。正如本雅明的哲学所启示的那样:过去与现在总是密不可分的。本书重点分析的作品之一《一切从头开始》创作于两德合并之后的几年。此时,民德人也逐渐明白,东西德领土上的合并并没有真正实现两方的融合。在这样的背景下,海因以类似自传的形式回顾了两德分裂之初的情景,他借助

---

① Astrid Köhler: Brückenschläge. DDR-Autoren vor und nach der Wiedervereinigung. Göttingen 2007, S. 9.

一个孩子的视角,描述了丹尼尔一家人和西德人在得知匈牙利事件时截然不同的反应。东德人的惊慌和西德人的淡定形成了强烈的对比。这种心理状态的割裂,早在两德分裂之初就已经形成了。想要解决两德不能真正融合的问题,也必须要回到问题最初产生之时。因此,这也是海因在 90 年代初创作此作品的一个重要目的。在他的另一部作品《占领土地》中,他表面上描述了一位被驱逐者跌宕起伏的一生,实际上勾勒出一幅跨越 40 年的民德历史图景。其中,战后被驱逐者的命运以及小城本地人的排外心理都让人印象深刻。海因通过描写被驱逐者的命运,揭示了德国人内心潜藏的排外心理。主人公奋斗一生,笃信弱肉强食的丛林法则,都是为了报复这种排外的心理。然而,在作品结尾,当他成功地融入当地人的圈子时,他的儿子却也扮演着欺负外来人的角色。现在的问题,过去也同样出现过。海因这样看似漫不经心的闭环情节安排,显得尤为讽刺。他是想提醒世人:历史在循环。综上,这两部作品虽然都对民主德国的过去有大量回忆,但这种回忆不是在表达对民德的怀念之情,而是在传达更为深远的社会意义。

最后,海因作品主题和内容的变化也证明了他的创作不可能一直停留在对民主德国的单纯回忆之中。他以描写民主德国历史为主的作品中,主题和内容极少会有重复,都在不断地变化。这与海因的写作原则有关。他一再地声明自己是编年史作家,作为民德的"目击证人",

他并非随意记录生活中所发生的一切,而是围绕着自己所关注的主题,拣选真实素材,并在此基础上进行文学虚构。这样独特的创作原则适用于海因几乎所有的作品,意味着他所描写的对象,包括作品背景、故事情节、人物等,也会随着他本人生活环境的改变而改变。对于某些民德作家来说,民德消失以后,他们也失去了自己的观察对象和创作源泉。而对海因来说,这样的危机并不存在。

雅各布·海因的几部作品也都出现了大量回忆民主德国的内容。但同样的,他所描写的这些回忆与民主德国怀旧情结并无太大关系。在不同的作品中,这些对过去的描写服务于作者不同的创作动机。在《申请永久出境许可》中,作者利用民主德国的轶事,调侃和批判了一些让人难以置信的政治经济现象。在《或许这样也好》中,作者也描写了许多与母亲共同度过的民德时光。对回忆的描写主要是为了让母亲的性格和形象更加饱满丰富。《我的第一件 T 恤衫》这部作品,虽然是以第一人称视角回忆了七八十年代民德青少年的日常生活,但是就如妮可·泰斯(Nicole Thesz)的发现,这部作品与典型的民德怀旧作品仍有巨大的区别。泰斯在研究中通过论证指出"民主德国怀旧情结重新塑造了关于民主德国物品和身份的记忆,而雅各布·海因则主要分析了 70 年代和 80 年代的青春期图像"。① 纵观全文,雅各布在一定程度

---

① Nicole Thesz: Adolescence in the "Ostalgie" Generation, a. a. O., S. 107.

上将对民德的历史与他对儿童以及青少年行为和心理的理解联系了起来。例如,主人公在幼儿园和学校受到的教条化和不人性的教育,就显现出了儿童教育中的弊端。但是,这种教育问题不只发生在民德,在当时的西德,包括在现在的德国都会出现。在接受《世界报》的采访时,雅各布还曾亲口承认,他并没有特别思念民德,也不希望民德能够回归,他说道:"我认为民主德国十分可怕。就像是一位约束力强且过于高大的母亲,在她那里,人们做什么事情都不被允许,并且必须一直守时地呆在家里。"①因此,通过分析这些作品中历史书写的作用可知,雅各布的写作动机并非出于对民德的单纯怀念。

通过上述对二人作品中民主德国历史书写的分析,两人作品最为明显的共同点首先是历史书写的内容主要涉及民主德国历史。父子二人共同的民主德国时期生活经历以及作为知识分子的责任感,促使他们在创作中选择了这一主题。两人历史书写的共同之处还体现在以下几点:其一,他们都使用文学手段描写历史,具体指他们在每部作品中都对回忆进行剪裁、加工和组合,并叠加了虚构内容。回忆的片段和虚构共同构成了历史书写的具体内容;其二,相较于历史学更关注宏观历史进程的特点,他们更关注普通人的微观生活史,注重日常生活描写

---

① Michael Pilz: Interview. Die DDR war ein Komplettpaket: Jens Bisky und Jakob Hein über die DDR, den Mauerfall und Deutschland 15 Jahre danach. In: Die Welt, 9/2004, S. 29.

中反映的民主德国历史,同时也是对扭曲和美化真实的官方历史的一种修正和补充;其三,他们作品中的历史书写既直观地呈现了民主德国的社会现实,又超越了民德的时空界限,传达了更深层次的和更具普遍意义的如人性、青春、教育等主题。他们的创作和统一后成为潮流的民主德国怀旧情结并无太大关系。他们的共同点凸显出了文学与传统历史学中的历史书写之间的不同。

第二节　海因父子作品中历史书写之异

在宏观层面上,海因父子作品中的历史书写表现出了一致性。然而,在历史书写策略、语言风格、思想深度等细节方面,两个人的作品又存在明显差异。两位作家笔耕不辍,有许多作品面世,他们的创作也在不断地发展和变化。这种变化同样体现在了本文重点分析的几部作品中。但无论如何变化,这两位作家在创作中都坚持着各自独具特色的创作原则。正是这些不同的创作原则,使得他们在作品中书写历史时表现出最大的不同。

克里斯托夫·海因在创作中坚持他的编年史创作原则,这在很大程度上决定了作品的人物设定、故事情节、作品结构的选择、叙事手段和语言风格。从他的作品内容中可以看出,他一直在书写过去,记录着自己的所见所闻以及所经历的时代故事。他早期的小说《霍恩的结局》

和《陌生的朋友》中记录了民主德国时期的人物和事件。而他1989年之后创作的作品如《威伦布洛克》和《他幼小童年中的花园》等则以再次统一后的德国为故事背景。他的语言充满了距离感，简洁平实，不加修饰，亦没有增添任何类似"旁观者清"的判断和评论。不管人物遭遇如何，心境如何，在海因的笔下，他们总是带着一种平静甚至冷漠的态度，将自己的回忆娓娓道来。

海因独特的创作原则，明显地贯穿在他以书写民主德国历史为主的三部作品《霍恩的结局》《一切从头开始》和《占领土地》中。在这些作品中，海因描写了民德从50年代到柏林墙倒塌这段时期的历史，提及了这一时期发生在民主德国的几乎所有重大的历史事件，包括战后苏联的占领、被驱逐者涌入民德、农村土地集体化、1953年6月民主德国境内的起义和1956年的匈牙利事件等。这三部作品中描述的内容相互交叠、相互补充。然而，海因并不像历史学家那样把记录历史事件的起因、经过和结果当作自己的任务，而是把描写重点放在普通民众的生活上。他在作品中选取具有代表性的人物，通过他们的言语、行为以及命运反映历史。从《霍恩的结局》中的主角前历史学家霍恩、医生斯波戴克等人，到《一切从头开始》中的主角小男孩丹尼尔，再到《占领土地》中的主角被驱逐者哈贝尔，这三部作品中的主要人物无一不是普通人、小人物。文中的其他人物也都来自主人公的生活圈子。值得注意的是，这三部作品中的人物都生活在民德的一个普通小城，这个小城在《霍恩的结局》和《占领土地》中还有一个共同的名字——古尔登堡。从作品的内容上来看，海因就像一位真正的编年史作家。在描述人物的日常生活时，他不区分事情大小，对人物行为进行精细刻画，对历史事件进行直接描写。

在《霍恩的结局》和《占领土地》两部作品中，他用多重叙述声音和多重叙述角度实现他的编年史写作。尽管这两部作品创作的时间相隔近 20 年，但它们在形式上极为相似。《霍恩的结局》中的主角霍恩和《占领土地》中的主角哈贝尔都没有正面出现，而是出现在与他们有交往的人物的回忆之中。作品中的叙述者并非特意回忆主角，只是在回忆自己的生活片段时，顺便交代了自己与主角的交往。如此一来，各位叙述者的回忆基本各自独立。例如《霍恩的结局》的每一章里面都包含几个小节，每个小节都是一位叙述者关于某件事或是某个场景的一小段回忆。小节与小节之间联系松散，有时甚至没有联系。但相同叙述者的回忆构成一个整体，通过这个整体，人们不仅可以了解这位叙述者的生活轨迹和心路历程，也可以获得许多关于主角霍恩的信息。叙述者和主角的经历，折射出的正是当时民主德国大众真实的生活状况。相似的文章构造也出现在《占领土地》中。不同之处在于，《霍恩的结局》每一章前面都有一段简短的引言，在此逝者直接呼唤生者不要遗忘，而《占领土地》并未出现类似的引言。在《占领土地》中，每个叙述者的回忆成为了独立的一章,不再零星地分散在文章的各处。这些叙述者的回忆按照哈贝尔成长的顺序排列。叙述者们回忆自己生活的同时,也描述了他们眼中的哈贝尔。五位叙述者与主人公有关的回忆碎片集合起来,就构成了主人公的一生。在阅读这两本作品时,读者通过这些马赛克般的回忆碎片,能够了解民主德国历史的方方面面。

  海因的作品能够在有限的篇幅内,铺陈出广阔的社会历史背景,这与小说中叙述者和叙述角度的选取密不可分。从叙事学角度来看,我们可以更清楚地了解海因使用这种写作方法的缘由。以《占领土地》为例,在以五位叙述者的回忆为内容的章节中,海因都采用了第一人称,并且在描写回忆时多采用叙述者经历事件时的视角。这样的人称和视角拉近了与读者的心理距离,增强了故事的感染力和真实性。每位叙述者都在回忆当中,描述了他们在民主德国时期的所见、所闻、所感。他们由于社会身份、教育程度、生活和心理状况的不同,对同一件历史事件的认识和评判往往不同。有时,他们的叙述会带有强烈的主观色彩。但这样主观的叙述与海因的编年史写作原则并不相悖。"这样的时刻再次显示出,在回忆中重新塑造发生过的事情,为什么需要多个叙述声音:每个回忆的人都会(有意识或无意识地)从他自己出发整饰回忆。"[①]众

[①] Astrid Köhler: Brückenschläge. DDR-Autoren vor und nach der Wiedervereinigung, a. a. O., S.142.

人相似的主观认识叠加起来,如同镜像反映出了当时客观真实的历史情况。他们不同的主观认识——这意味着一定程度上的"整饰"或误解——也从侧面显示出叙述者特殊的心理状况。因此,这种多位叙述者以及多重视角并用的手法与海因强调的编年史写作原则相吻合。这种手法既能够更为全面地展现历史中不为人注意的细节,又避免了历史书写过于主观的危险。

与克里斯托夫·海因成熟的创作原则和手法相比,从雅各布·海因目前所发行的作品来看,他没有形成固定的创作原则。他在几部与民德历史有关的作品中使用的写作策略各不相同。就整体特点来看,他作品中的历史书写清晰地展现出了后现代主义和德国流行文学的特点。这样的特点亦决定了他作品中人物、内容、文章结构以及叙述者和叙述角度等方面的设计。

在《我的第一件T恤衫》中,雅各布·海因使用第一人称回顾了民主德国七八十年代的童年以及青少年生活。除了主人公,书中所有其他登场的人物都来自主人公的生活圈子,包括父母、老师、同学、朋友等等。作品的每一章节都描述了与主人公相关的日常生活。这些描述包含了德国流行文学中的重要元素,显示了作家以及同时代人对流行音乐、新兴媒体的特别关注,以及与父辈们完全不同的对待社会政治的态度。尤其在对民主德国社会政治的描述手法上,雅克布·海因表现出了与父亲的不同。面对同一主题,他总能抓住一些具有象征意义的日常生活场景,并用夸张幽默、简洁易懂的语言表达对政治现象和问题的看法。例如,在第九章中,雅各布巧妙利用每家每户悬挂旗帜这件事情,反映了普通民众对政治事件的反应。他通过这些微小而充满意味的场景,以夸张和幽默的口吻描述严肃的政治问题,揭示了民主德国政治问题的本质,同时为读者提供了简单明了、轻松愉悦的阅读体验。相比之下,他的父亲克里斯托夫·海因则以展现事实情况为主,语言风格中规中矩,对于政治表象的揭露也更为深入,多给人一种严肃和沉重之感。此外,《我的第一件T恤衫》以及雅各布回忆母亲的作品《或许这样也好》都围绕着青春期以及成长这一主题展开。童年和青春期的经历也是德国流行文学中常见的描写对象。无论是《我的第一件T恤衫》中胆小木讷的"我",还是《或许这样也好》中那个怀念母亲的"我",这两个人物的儿童和青春期的心理和行为与其他国家、其他政治体制下生活的儿童和青少年相比,并无本质不同。然而,民主德国特殊的社会政治环境却让主人公的童年和青春期生活变得与众不同。当《我的第一件T恤衫》中的主人公因为初恋而情绪波动时,柏林墙在他与女友的关系中扮演着重要的角色。这种情况在德国以外的国家是不可能出现的。

  从整体来看雅各布·海因的三部作品《我的第一件T恤衫》《申请永久出境许可》和《或许这样也好》,雅各布在书写历史时采用了后现代主义文学的写作手法。这种后现代主义的特点首先体现在雅各布所选用的作品体裁上。例如,在《申请永久出境许可》中,他利用文学中处于边缘地位的体裁——轶事,写下了许多妙趣横生的民主德国故事。轶事这一体裁与历史的关系十分密切,但它一直以来都未有确定明晰的定义,可以将它同其他相似的文学体裁区分开来。《我的第一件T恤衫》和《或许这样也好》的体裁也同样难以确定。因此,雅各布的这三部作品并未像传统文学出版物那样,在封面上标注体裁。他对于边缘体裁和模糊体裁的使用,符合后现代主义文学打破传统体裁限制的特点。

其次,雅各布的历史书写的后现代主义特点体现在作品内容的真假混淆中。他在故事中书写历史时,总是极力用虚构的细节去模仿真实,或者是把对真实人物和事件的描写穿插在虚构的故事中。这两种做法令他的故事获得了一种真假难辨的效果。大量的细节描写增加了历史书写的真实感。例如在《我的第一件T恤衫》中,作者在讲述主人公童年的经历时,经常会提到周围的同学和老师。这些人物不但都有具体的名字,而且他们的性情通过具体的故事也得到了充分的刻画。这样的塑造让人物显得丰满而又栩栩如生。例如,在第五章中,主人公幼儿园的老师罗泽小姐在看到主人公穿着印有"No.1"字样的T恤衫之后,用幼儿园教师的特有口吻说:"我希望,你现在也能一直在入睡比赛中得第一名。"[①]老师之所以

---

① Jakob Hein: Mein erstes T-Shirt, a. a. O., S. 33.

这样对主人公说是因为在幼儿园里小孩子必须要睡午觉,但是主人公却睡不着,结果就频频受到惩罚。如果他睡不着,他就会享受到老师的"特别待遇",那就是他必须在老师的办公桌上睡觉。在文章的另一处,作者还对主人公的另一位幼儿园老师进行了细致的刻画。他这样描述颜克老师:"她有绑着绷带的粗腿,腿上还穿着肉色的长筒袜。"①"她确实是一位脾气一直非常差的幼儿园老师。"②因为她总是没理由地对学生发怒。主人公把她看作怪兽,所有的学生都不喜欢她。海因笔下的罗泽和颜克老师的所作所为在一定程度上反映了当时僵化、教条式的和缺乏自由的学校教育。除了大量的细节描写,真实细节的利用也增加了历史书写的可信度。在《我的第一件 T 恤衫》中,主人公的形象就和雅各布本人的形象毫无二致。主人公因为女友的关系,把自己的职业理想定为心理医生,而雅各布本人就是心理医生。但事实上,雅各布自己在采访中承认,这里的情节都是他虚构的。在另一部作品《申请永久出境许可》中,雅各布多次使用了民德几位高官以及机构的真实名字,描写了他们的真实情况。文学作品都是虚构和纪实的结合体,而雅各布总是故意要把虚实混淆起来。他这种写作手法明显地体现出了后现代主义的特点。

---

① Jakob Hein: Mein erstes T-Shirt, a. a. O., S. 34.
② Ebd., S. 35.

最后,除了故意混淆真实与虚构内容之外,雅各布历史书写的形式也表现出了后现代主义文学的特点。法国理论家利奥塔认为,后现代性是对"共识"的拒绝,是对多元性话语和"微观叙事"的拥护。① 这与雅各布历史书写的特点吻合。他既没有像其他许多作家那样,在统一后脱离了民德政权的束缚,便一味地抨击过去的民德;也不像他的父亲那样对那段历史持审慎反思的态度,而是展现出了对多元性话语的追求。他利用微观叙事观察民主德国的各个方面,例如政治、经济、教育等。但他只是描述了一些典型事件和场景,而没有对故事背景进行铺陈式的说明。这种历史书写的内容决定了作品的形式。雅各布的三部作品都有章节众多、篇幅短小的特点。《我的第一件 T 恤衫》有 26 章,《申请永久出境许可》有 30 章,《或许这样也好》也有 25 章。每一个章节都涉及民主德国的一个故事或日常生活场景。每部作品的字数不多,虽然不及微型小说之微,但与传统的现实主义的和现代主义小说相比,明显简短了不少。三部作品都是短篇故事集的形式。他的作品章节众多、内容简化的特点,共同体现了后现代主义文学的内容原则和对"量"的追求。

然而,这种"量"的追求在一定程度上造成了质的下降。实际上,当读者阅读雅各布的"故事集"时,他们只能

---

① 参见刘象愚等主编:《从现代主义到后现代主义》,高等教育出版社,2003 年版,第 264 页。

停留在所展示的各种民主德国问题之中。若要思考这些问题背后的根本原因,读者并不能从作品本身获得明显的启示。

由于这种对于"量"的追求,雅各布·海因这几部作品在思想深度上无法与其父亲的作品相比。当然,除了这个显而易见的原因外,二人作品思想深度的差异主要体现在两人对待历史的态度和历史书写的目的上。克里斯托夫·海因通过历史书写意图挽救那些渐渐被人遗忘的记忆。他在作品中反复强调记忆和过去之于现在的重要性。他对历史的重视,部分源自瓦尔特·本雅明历史哲学的影响。其中,对海因影响最为深刻的是本雅明的时间观,它打破了传统历史主义的线性时间观念,强调过去、现在、将来三者之间密不可分的关系。其次是本雅明的进步观。他批判了盲目的进步观,认为真正的进步是打断历史的连续性。他还强调历史的主体不是胜利者,而是失败者和小人物。海因一直坚持的编年史写作原则,与本雅明的叙事学思想显示出一致性。海因在这几部作品中都以回忆方式书写历史,主要人物都是小人物和进步的牺牲者,如被民德政治局势逼迫自杀的历史学家霍恩、被驱逐者哈贝尔等。论及身世,海因自己也可算是他们之中的一员。而没能进步的历史,在文中总以一种循环方式出现。海因对故事时间的安排也不再遵照传统的线性时间。可以说,海因这几部以书写民主德国历史为主的作品中无不渗透着本雅明的思想。

而雅各布·海因对待历史书写的态度并不像他父亲那样严肃。从他的作品来看,他书写民德历史时总带有一种调侃和讽刺的语调。他对轶事体裁的利用以及语言风格的简练幽默也都显示出,他对待民主德国过去的轻松态度。与父亲的作品相比,他的作品也显示出他对民主德国特殊的社会生活条件下儿童与青少年教育以及心理成长的重视,这无疑与他的主业——儿童和青少年心理医生——相关。但除此以外,他并未深入揭露民主德国时代存在的问题及其根源。因此,从总体上来看,由于两位作家对待过去的态度、书写历史的目的以及历史书写的内容几个方面的不同,年轻作家雅各布·海因的作品在思想深度上不及父亲。

尽管以上所总结的两人作品中历史书写的特色显示了两人的不同,但仅凭此就断言两人历史书写的文学策略和风格截然不同还是武断。具体分析时,两人的个别作品之间仍然存在一定的相似性。例如,雅各布·海因的作品《我的第一件T恤衫》与父亲的《一切从头开始》就有很多相似之处。这两部作品都具有自传性质,都以回忆主人公的童年和青少年生活为主,并以懵懂少年的眼光来描述民德历史,尤其是与青少年生活相关的历史,如民主德国的学校教育。此外,两部作品也都涉及主人公的青春期经历。就作品构造来说,《我的第一件T恤衫》每章描述主人公生活中的一个场景或事件,与《一切从头开始》的内容和章节划分类似。

第四章 微观历史的文学建构：海因父子作品中历史书写的异同

虽然两位作家是父子关系，但在作品中书写民德历史时，从创作原则到思想深度之间却有很大差别。此差别产生的根本原因我们或可从黑尔毕希对统一后的民主德国文学分类中获得一些启发。黑尔毕希将统一后的民主德国文学现象分为四类：第一类是改写，主要指对民德文学史和对民德文学作品阐释的改写。① 这种改写始于统一后的两德文学之争。评论家和研究者抛弃了从政治角度出发的衡量，转而关注民主德国作家作品的美学、社会学以及历史学意义，改写了他们之前的分析和评论。第二类是继续创作，指在民主德国存续时期发表过作品的作家在统一后利用文字回忆故乡。这种回忆类作品包括作家的自传、日记或者书信交流等等。② "这些作品究竟是对民主德国怀旧的神化，还是对民主德国的清算，或是对现状的批判性介绍，都要视具体的作品而定。"③第三类指在民德时期就已写就，但因为严格的政治审查或作者本人的意愿而没能面世的作品。④ 人们可以从中挖掘出前所未知的民主德国资料，为之后的历史书写提供了宝贵的参考。第四类主要包括作家中的后起之秀，他们曾在民主德国生活，但在此期间，还尚未拥有作家的身份。⑤ 最主要的原因是他们那时还年轻。这类作家像他

---

① Vgl. Holger Helbig: Weiterschreiben, a. a. O., S. 2.
② Ebd., S. 3.
③ Ebd.
④ Vgl. ebd., S. 4.
⑤ Vgl. ebd., S. 6.

们的父辈一样也选择在作品中处理民主德国历史题材，但与父辈不同的是，他们在统一后的德国全新的创作环境下进行写作。

根据黑尔毕希的分类，可以明确地将父子两位作家归类到不同的类别当中。克里斯托夫·海因属于第二类继续创作的作家群体，而雅各布·海因则可以归入"后起之秀"的作家行列。尽管两类作家都有在民主德国生活的经历，但是他们生活的时代、人生经历和创作环境都不同。这些因素，尤其在不同时代精神的日濡月染下，他们在历史观、创作原则以及写作风格上产生了不小的差异。时代不同，审美策略和文学实践也相异。沃尔夫冈·艾默里希（Wolfgang Emmerich）勾勒民主德国文学概貌时曾提出的观点同样也适用于对任何一个时期文学的观察。他认为，就文学本身来讲，它既非线性发展，亦非保持稳定状态。不同的审美策略和实践并存，相互竞争。[①] 它们的出现及相互关系又与社会中各个阶段不同的主流文化和非主流文化的发展相吻合。[②] 海因父子虽曾经共同生活在民主德国这一地理空间，但生长于不同时代的二人接受的社会文化，认可的审美策略和实践方式大为不同。因此，当海因父子处理相同的题材时，例如书写民主德国历史时，才会创作出面貌截然不同的作品。

[①] Wolfgang Emmerich: Die andere deutsche Literatur. Aufsätze zur Literatur aus der DDR. Opladen 1994, S. 130.
[②] Ebd.

作为作家，海因父子选择了用文学手段去记录难以忘怀的历史。他们共同的民主德国生活经历，使他们的文学作品拥有了共同的主题。作为心思细密的知识分子，他们在作品中关注普通人在民主德国历史中的日常生活，以及民主德国社会的特殊性对他们命运的影响。不同的时代又赋予了他们不同的历史观和创作观，不同的生活经历又使他们在历史长河中关注不同的人群和事物。在他们的同与不同之间，我们看到的是文学中历史书写的无尽可能性。

结　语

　　从德国近年来的各类文学奖项获奖名单中，可以看出德国文学界对历史书写和反思的重视。许多德国作家在创作时钟爱历史素材，通过各种文学手段处理这些素材，将自己对历史的回忆和反思融入文学作品中，以达到还原历史细节、回忆过往或者以古喻今等写作目的。从以兰克为代表的传统历史主义思想逐步瓦解开始，完全客观的历史已被宣告死亡。新历史主义进一步利用文本与历史的关系，从根基上动摇了历史学研究的传统。根据新历史主义"历史是文本"的理解，历史学家要将发生过的事情再次呈现在读者面前，需要运用语言以及叙述等文学手段，对过去发生的事情进行"二次修正"。怀特揭示了历史学中历史书写的文本基础，极有说服力地对这种书写的真实性提出了质疑。同时，"历史是本文"的思想将从《荷马史诗》(*Homer's Epics*)开始分离的历史与文学两种学科重新拉近。

　　历史与文学两种学科在发展的过程中一直相互借

鉴。历史学家利用文学手段进行历史书写,而文学家同样在作品中记录下令他们印象深刻的历史时刻。与历史书籍相比,文学作品中的历史书写在虚构和真实之间,显示出一种独特的吸引力。本书选择民主德国两位具有代表性的父子作家克里斯托夫·海因和雅各布·海因及其作品作为主要研究对象,目的是通过对两位作家叙事作品中历史书写的对比,总结出两位作家在面对相同的民主德国历史题材时,所持有的不同创作态度,以及在作品中使用的不同创作策略。通过分析,揭示两位作家突出的个人特点和他们作品中历史书写的异同。进而考察民主德国两代作家之间对待历史的不同态度,分析德国文坛新老两代作家之间的传承和差异。

本书重点分析的克里斯托夫·海因的两部作品《一切从头开始》与《占领土地》,连同20世纪80年代在民德发表的作品《霍恩的结局》,凸显了海因作品中历史书写的特点。在三部作品中,海因以回忆的形式回顾了民主德国50年代初到柏林墙倒塌前的历史。从人物、故事情节、作品结构以及叙述者和叙述角度几个方面,作品展现了海因独特的编年史写作原则。通过对这些作品中包含的历史观点的分析,可以清楚地发现瓦尔特·本雅明的历史哲学思想对海因产生了影响,启发了他对历史时间观念和进步观的思考。海因在作品中反复提醒人们回忆的重要和遗忘的危害。他在《霍恩的结局》借霍恩的魂灵向人们疾呼:"请你回忆!""你必须回忆!"①他担心那些不被人注意的重要的历史瞬间会彻底消失,一旦遗忘代替了回忆,尤其是遗忘历史的负面,历史便无法实现真正的进步。他认为作家就是编年史作者,尤其在历史真实被某些人或集体扭曲美化的特殊时期,作家应该承担起书写历史的责任,唤醒读者的记忆。

  本书考察的另一位作家是雅各布·海因。他作品中的历史书写显示出一种对待历史的轻松态度。在作品中,他始终以一种戏谑的口吻描绘民主德国那令人不安、压抑和问题重重的过去。他的轶事作品《申请永久出境许可》正是个明显的例子。通过使用与历史书写密切相关的轶事体裁,他写下了亦真亦幻、令人捧腹的民主德国轶事,夸张幽默地批判了统一党领导下民主德国的各种荒谬事件。不同于民主德国他父辈的那些人,他没有以一种极为严肃的态度回忆民德的各种政治经济问题,叩问其崩塌的原因,而是将重点关注的童年和青少年经历同民主德国生活糅合在一起,鲜活地描绘了生活在民主德国最后时期的青少年日常。在《我的第一件 T 恤衫》中,民主德国的青少年与西德的青少年并无太大区别,他们同样喜欢冒险和追求新鲜事物,害怕老师,渴望恋爱。但是在民主德国意识形态束缚和资源匮乏的背景之下,他们的成长历程又显得极为特殊。

---

① Christoph Hein: Horns Ende, a. a. O., S. 5.

尽管两位作家作品中的历史书写在诸多细节上存在差异,但在宏观层面他们的作品共同揭示了文学与历史学中历史书写的区别。他们运用了文学手段将虚构和真实融合在一起,在虚构中记录历史真实。他们关注历史中的细微之处,关注历史变迁大背景下普通人的命运以及日常生活,而非历史事件之间的因果关系。他们的历史书写也都为民主德国的历史研究提供了重要参考。

德国文学史上的父子作家并不多见,较为著名的是托马斯·曼(Thomas Mann)和克劳斯·曼(Klaus Mann)父子。对克劳斯·曼而言,在父亲巨大的光环照耀之下的生活是幸运也是不幸。雅各布·海因或许也深有同感。他们幸运地比普通人更早、更深入地接触到文学和创作,他们的身份也使他们能很快被文学圈子所接受。然而不幸的是,在很多人的眼中,他们仅仅是托马斯·曼和克里斯托夫·海因的儿子。在阅读他们的作品时,"人们自然而然地就开始在儿子与父亲的作品中寻找某种关联"①,甚至因为他们是曼和海因的儿子而对他们的文字做出草率的评判。

《明镜报》的记者曾询问,海因父子两人在文学创作中是否有交流,以及克里斯托夫·海因如何看待自己的儿子走上这条创作之路。当时,记者也正好提及了曼父子。对此,克里斯托夫·海因直言,他并未像托马斯·曼

---

① 姜丽:《走进克劳斯·曼》,见《外国文学》,1999 年 05 期,第 26 页。

那样把自己的儿子看作他自己"在新条件下"的"前进和重新开始"。① 他只是提供尽可能多的机会让他自由发展。而雅各布·海因也坦言：

> 从我父亲那里，我从来得不到提议，我一开始也根本没有谈及此事（指创作），包括跟我父亲。后来，当我规律地在布尔格咖啡馆"世界与家朗读舞台"那里朗读我的文章时，我才顺带地讲起。我也不希望我的同事知道，我是（克里斯托夫·海因的）儿子。②

不管是克劳斯·曼还是雅各布·海因，随着他们的渐渐成长，他们的创作也逐渐显现出鲜明的个人特色和成熟度。尽管雅各布·海因目前在德语文学界的声望以及作品的思想深度尚未能与父亲相媲美，但他仍在坚持创作，并积极尝试着新的创作方式。他的作品也逐渐得到了更多读者的肯定。父亲克里斯托夫·海因也在文学道路上坚守着自己的创作原则，无论在何种时代，他总是以冷静、审视的目光去发现和揭露时代的问题。从《陌生的朋友》《他幼小童年中的花园》到《古尔登堡》，从批判民主德国时期的当权者对人民的压抑和控制，到批判资本主义社会法制的虚伪性，再到现实中对德国内部难民问

---

① Vgl. Volker Hage/Martin Doerry: Die Trauer bekämpfen. In: Der Spiegel. 34/2004, S. 113.
② Ebd.

题的关注,他的历史书写工作从未停止。从历史书写这一主题的写作上来说,这两位作家的作品无疑显示了文学创作的丰富性和多样性。

此外,作为两位作家历史书写的主要对象,民主德国这一特殊历史阶段对德国社会政治、经济和文化方面的影响始终没有消失。时至今日,德国主要的新闻媒体中仍会频繁出现东德。2023年,德国各地就民德"六一七事件"发生70周年之际举办了各类纪念活动。德国总理奥拉夫·朔尔茨(Olaf Scholz)在柏林纪念活动的发言中表示,"东德六一七事件"是德国人民争取自由的历史中最重要也是最值得骄傲的行动之一。德国舆论也普遍认为"东德六一七事件"的意义被大大地忽略了,因此2023年在德国的许多地方都举行了纪念活动。就经济发展而言,东德地区仍处于转型时期,东西德的发展仍不均衡。联邦德国的东德事务专员卡斯滕·施耐德(Carsten Schneider)在2023年参加东德经济论坛时公开表示,人们对东德人的偏见依然存在。① 除了海因父子之外,还有许多作家仍把民主德国作为创作源泉。菲利克斯·斯特凡(Felix Stephan)在他2023年最新出版的小说《早年》(*Die frühen Jahre*)中讲述了一个出身东德、信仰社会主义体制的家庭所经历的精神动荡。曾经秉持着社会主义信仰的父母

---

① Siehe https://www.sueddeutsche.de/politik/wirtschaftspolitik-ostbeauftragter-noch-viele-vorurteile-ueber-ostdeutsche-dpa.urn-newsml-dpa-com-20090101-230611-99-17466 Zugriff:30.06.2023

在国家消亡之后，经历着内心的崩溃和无力。而作为他们的孩子，虽然成长于统一后的德国，但面对父母不知不觉传递出来的愤怒却也无能为力。就上述种种现象来看，民主德国并非只是德国史书上已经翻过去的一页，它带来的许多社会问题仍亟待解决。

近期，中国学界对民主德国的关注多集中在已经过去的历史阶段。研究者多重点观察民主德国某一具体历史时段中，中国、联邦德国与民主德国的经贸关系，民主德国时期对中国文学的接受与研究等。事实上，未来的中国研究者更需关注的是德国以及西方国家今日对民主德国历史再建构的特殊意图。一如1953年的"东德六一七事件"发生之时，美国利用美占区的广播电台向东西德民众播报事件的最新动向，传播西方国家所谓的"自由意志"价值观念，极大地影响了民主德国的政治文化生活。今日的德国也以纪念"东德六一七事件"发生为由，继续标榜资本主义自由民主的价值体系，本质是诋毁社会主义理想追求的新一轮宣传手段。联邦议会的议长贝贝尔·巴斯（Bärbel Bas）在呼吁迅速建立"东德六一七事件"受害者纪念碑时，就使用了抵抗"共产主义暴政"的受害者这一说法。因此，民主德国历史的痕迹不仅没有从德国文学艺术创作和社会现实中消失，也不会轻易从世界大变局的进程中消失。

参 考 文 献

中文文献

德罗伊森,2006.历史知识理论[M].胡昌智,译.北京:北京大学出版社:7-15,83-89.

顾文艳,2021.东德阿Q的革命寓言:克里斯托夫·海因的〈阿Q正传〉戏剧改编[J].中国比较文学,3:122-137.

何平,2002.历史进步观与18、19世纪西方史学[J].学术研究,1:82-86.

胡亚敏,2004.叙事学[M].武汉:华中师范大学出版社:18-50.

海登·怀特,2004.元史学:19世纪欧洲的历史想象[M].陈新,译.南京:译林出版社:1-49.

纪逗,2008.本雅明的历史时间观念[J].黑龙江社会科学,4:47-49.

姜丽,1999.走进克劳斯·曼[J].外国文学,5:26-30.

勒内·韦勒克,奥斯汀·沃伦,2017.文学理论[M].刘向愚,邢培明,陈圣生,李哲明,译.杭州:浙江人民出版社:7-15.

李昌珂,2008.德国文学史:第5卷[M].南京:译林出版社:444-448.

理查德·沃林,2016.瓦尔特·本雅明:救赎美学[M].吴勇立,张亮,译.南京:江苏人民出版社:1-4,14-66,255-270.

利奥波德·冯·兰克,2010.历史上的各个时代——兰克史学文选之一[M].(德)约尔丹,吕森编著,杨培英,译.北京:北京大学出版社:1-25.

刘象愚等,2003.从现代主义到后现代主义[M].北京:高等教育出版社:259-293,342-458.

卢伯克等,1990.小说美学经典三种[M].方土人,罗婉华,译.上海:上海文艺出版社:1-196.

任卫东,刘慧儒,范大灿,2007.德国文学史:第3卷[M].南京:译林出版社:406-410.

沙夫,1988.民主德国的政治与变革[M].秦刚等,译.北京:春秋出版社:156-183.

申丹,2004.叙述学与小说文体学研究[M].北京:北京大学出版社:200-286.

特里·伊格尔顿,1980.马克思主义与文学批评[M].文宝,译.北京:人民文学出版社:4-41,65-71.

瓦尔特·本雅明,1999.本雅明文选[M].陈永国,马海良主编.北京:中国社会科学出版社:291-315,403-415.

瓦尔特·本雅明,2003.驼背小人:一九零零前后柏林的童年[M].徐小青,译.上海:上海文艺出版社:86-88.

瓦尔特·本雅明,2008.启迪:本雅明文选[M].汉娜·阿伦特编,张旭东,王斑,译.北京:生活·读书·新知三联书店:231-288.

温恕,2004.从《机械复制时代的艺术作品》看本雅明的艺术生产思想[J].重庆师范大学学报(哲学社会科学版),3:66-69.

徐岱,1992.小说叙事学[M].北京:中国社会科学出版社:26-44,187-216.

徐浩,侯建新,2000.当代西方史学流派(第二版)[M].北京:中国人民大学出版社:1-70,436-457.

亚里士多德,1996.诗学[M].陈中梅,译注.北京:商务印书馆:81-87.

扬·阿斯曼,2015.文化记忆:早期高级文化中的文字、回忆和政治身份[M].金寿福,黄晓晨,译.北京:北京大学出版社:62-76.

杨正润,2001.自传死亡了吗?——关于英美学术界的一场争论[J].当代外国文学,4:124-132.

约翰·托什,2007.史学导论:现代历史学的目标、方法和新方向[M].吴英,译.北京:北京大学出版社:1-8,124-180.

张广智主著,2010.西方史学史[M].上海:复旦大学出版社:1-12.

张进,高红霞,2002.论新历史主义的逸闻主义——触摸真实与"反历史"[J].兰州大学学报(社会科学版),2:21-28.

张京媛,1997.新历史主义与文学批评[M].北京:北京大学出版社:95-109.

外文文献

Primärliteratur

Hein, Christoph: Horns Ende. Roman. Berlin und Weimar: Aufbau Verlag, 1985.

Hein, Christoph: Von allem Anfang an. Berlin: Aufbau Verlag, 1997.

Hein, Christoph: Der fremde Freund/Drachenblut. Novelle. Frankfurt am Main: Suhrkamp, 2005.

Hein, Christoph: Landnahme. Roman. Frankfurt am Main: Suhrkamp, 2004.

Hein, Christoph: Die fünfte Grundrechenart. Aufsätze und Reden. 1987-1990. Frankfurt am Main: Luchterhand Verlag, 1990. S. 9-33, S. 104-154.

Hein, Christoph: Aber der Narr will nicht. Essais. Frankfurt am Main: Suhrkamp, 2004. S. 9-12.

Hein, Christoph: Als Kind habe ich Stalin gesehen. Essais und Reden. Frankfurt am Main: Suhrkamp, 2004, S. 71-99, S. 150-218.

Hein, Jakob: Mein erstes T-Shirt. München: Piper Verlag, 2001.

Hein, Jakob: Vielleicht ist es sogar schön. München: Piper Verlag, 2004.

Hein, Jakob: Antrag auf ständige Ausreise: und andere Mythen der DDR. München: Piper Verlag, 2008.

Sekundärliteratur

Arnold, Heinz Ludwig: DDR-Literatur der neunziger Jahre. München: Richard Boorberg Verlag, 2000. S. 5-47, S. 80-91.

Aust, Hugo: Der historische Roman. Stuttgart; Weimar: Metzler, 1994. S. 1-21.

Baier, Lothar: Christoph Hein. Texte, Daten, Bilder. Frankfurt am Main: Luchterhand, 1990. S. 37 - 67.

Benjamin, Walter: Erzählen: Schriften zur Theorie der Narration und zur literarischen Prosa. Frankfurt am Main: Suhrkamp, 2007. S. 129 - 140.

Benjamin, Walter: Gesammelte Schriften, 7 Bde. Bd. V - 1. Frankfurt am Main: Suhrkamp, 1982. S. 588 - 589.

Braun, Michael: Das Gedächtnis des „Chronisten": Christoph Heins Erzählungen von Erinnerung und Religion. In: Gansel, Carsten(Hrsg.): Rhetorik der Erinnerung-Literatur und Gedächtnis in den „geschlossenen Gesellschaften" des Real-Sozialismus. Göttingen: V&R unipress, 2009. S. 151 - 166.

Czechowski, Heinz: Im schalltoten Raum. Dichter im Zeitenwechsel. In: Sinn und Form 50, 1998, S. 138 - 145.

Degler, Frank; Paulokat, Ute: Neue Deutsche Popliteratur. Paderborn: Wilhelm Fink Verlag, 2008. S. 25 - 73.

Dilthey, Wilhelm: Gesammelte Schriften, VII. Band. Der Aufbau der geschichtlichen Welt in den Geisteswissenschaften. Göttingen: Vandenhoeck &. Ruprecht Verlag, 1965. S. 191 - 204.

Döblin, Alfred: Der historische Roman und wir. In: Ders.: Aufsätze zur Literatur. Olten und Freiburg: Walter Verlag, 1963. S. 170 - 171.

Dwars, Jens-F: Nur ein Chronist!? Vom angestrengten Versuch Geschichte(n) zu erzählen in der Prosa Christoph Heins. In: Delabar, Walter; Jung, Werner; Pergande, Ingrid(Hrsg.): Neue Generation-Neues Erzählen. Deutsche Prosa-Literatur der achtziger Jahre. Opladen: Westdeutscher Verlag, 1993. S. 165 - 176.

Emmerich, Wolfgang: Die andere deutsche Literatur. Aufsätze zur Literatur aus der DDR. Opladen: Westdeutscher Verlag 1994, S. 129 - 150.

Ernst, Thomas: Popliteratur. Hamburg: Europäischer Verlag, 2005. S. 6 - 10.

Ewers, Hans-Heino (Hrsg.): Jugendkultur im Adoleszenzroman: Jugendliteratur der 80er und 90er Jahre zwischen Moderne und Postmoderne. 2. Auflage. Weinheim; München: Juventa Verlag, 1997. S. 7 - 42.

Fischer, Bernd: Christoph Hein: Drama und Prosa im letzten Jahrzehnt der DDR. Heidelberg: Carl Winter Universitätsverlag, 1990. S. 50–117.

Fischer, Bernd: Christoph Heins kleine Prosa: Von allem Anfang an und Exekution eines Kalbes. In: Jackman, Graham(Ed.): Christoph Hein in Perspective. Amsterdam: Rodopi, 2000. S. 165–186.

Friedrich, Walter; Griese, Hartmut (Hrsg.): Jugend und Jugendforschung in der DDR: Gesellschaftspolitische Situationen, Sozialisation und Mentalitätsentwicklung in den achtziger Jahren. Opladen: Leske und Budrich, 1991. S. 201–209.

Galenza, Ronald; Havemeister, Heinz (Hrsg.): Wir wollen immer artig sein …: Punk, New Wave, HipHop, Indenpendent-Szene in der DDR 1980–1990. Berlin: Schwarzkopf und Schwarzkopf, 1999. S. 6–40.

Gansel, Carsten: Zwischen offiziellem Gedächtnis und Gegen-Erinnerung — Literatur und kollektives Gedächtnis in der DDR. In: Ders. (Hrsg.): Gedächtnis und Literatur in den „geschlossenen Gesellschaften" des Real-Sozialismus zwischen 1945 und 1989. Göttingen: V&R unipress, 2007. S. 13–38.

Garbe, Joachim: Deutsche Geschichte in deutschen Geschichten der neunziger Jahre. Würzburg: Königshausen & Neumann, 2002. S. 61–79.

Geppert, Hans Vilmar: Der „andere" historische Roman: Theorie und Strukturen einer diskontinuierlichen Gattung. Tübingen: Max Niemeyer Verlag, 1976. S. 1–15.

Greffrath, Krista R: Metaphorischer Materialismus: Untersuchungen zum Geschichtsbegriff Walter Benjamins. München: Wilhelm Fink Verlag, 1981. S. 79–85.

Hage, Volker; Doerry, Martin: Die Trauer bekämpfen. In: Der Spiegel. 34/2004. S. 112–114.

Hammer, Klaus (Hrsg.): Chronisten ohne Botschaft: Christoph Hein. Ein Arbeitsbuch. Berlin: Aufbau Verlag, 1992. S. 11–55.

Hartung, Olaf; Steininger, Ivo; Fuchs, Thorsten (Hrsg.): Lernen und Erzählen interdisziplinär. Wiesbaden: VS Verlag für Sozialwissenschaften, 2011. S. 61–82.

Hein, Jürgen: Deutsche Anekdoten. Stuttgart: Reclam Verlag, 1976. S. 333 – 384.

Helbig, Holger: Weiterschreiben. zum literarischen Nachleben der DDR. In: Ders (Hrsg.): Weiterschreiben: Zur DDR-Literatur nach dem Ende der DDR. Berlin: Akademie Verlag, 2007. S. 1 – 8.

Hilbk, Andrea: Von Zirkularbewegung und kreisenden Utopien. Zur Geschichtsdarstellung in der Epik Christoph Heins. Augsburg: Wißner, 1998.

Huberth, Franz: Zensur, Tabu, Exil und Dauervisum-Schriftsteller und Staat in der DDR, in: Ders. (Hrsg.): Die DDR im Spiegel ihrer Literatur, Berlin: Duncker &. Humblot, 2005. S. 81 – 96.

Ihme-Tuchel, Beate: Die DDR. 2. Auflage. Darmstadt: WBG, 2007. S. 81 – 86.

Jackman, Graham: Von allem Anfang an: A Portrait of the Artist as a Young Man? In: Jackman, Graham (Ed.): Christoph Hein in Perspective. Amsterdam: Rodopi, 2000, S. 165 – 210.

Jäger, Manfred: Kultur und Politik in der DDR: ein historischer Abriss. Köln: Wissenschaft und Politik Verlag, 1982. S. 65 – 83.

Jaeger, Michael: Autobiographie und Geschichte. Wilhelm Ditley, Georg Misch, Karl Löwith, Gottfried Benn, Alfred Döblin. Stuttgart: J. B. Metzler, 1995. S. 19 – 33, S. 51 – 58, S. 281 – 359.

Jaide, Walter: Freizeit der Jugend im doppelten Deutschland. In: Barbara Hille; Walter Jaide (Hg.): DDR-Jugend: Politisches Bewußtsein und Lebensalltag. Opladen: Leske +Budrich, 1990. S. 75 – 107.

Jung, Thomas: Trash, Cash oder Chaos? Populäre deutschsprachige Literatur seit der Wende und die sogenannte Popliteratur. In: Ders. (Hrsg.): Alles nur Pop? :Anmerkungen zur populären und Pop-Literatur seit 1990. Frankfurt am Main: Peter Lang, 2002. S. 15 – 28.

Kiesel, Helmut: Geschichte der literarischen Moderne. Sprache, Ästhetik, Dichtung im 20. Jahrhundert. München:C.H.Beck, 2004. S. 64 – 73.

Kiewitz, Christl: Der stumme Schrei: Krise und Kritik der sozialistischen Intelligenz im Werk Christoph Heins. Tübingen: Stauffenburg, 1995.

Kohpeiß, Ralph: Der historische Roman der Gegenwart in der Bundesrepublik Deutschland. Stuttgart: Mund P. Verlag für Wissenschaft und Forschung, 1993. S. 11 – 64.

Köhler, Astrid: Brückenschläge. DDR-Autoren vor und nach der Wiedervereinigung. Göttingen: V&R Verlag, 2007. S. 9 – 18, S. 131 – 156.

Konersmann, Ralf: Erstarrte Unruhe: Walter Benjamins Begriff der Geschichte. Frankfurt am Main: Fischer Taschenbuch Verlag, 1991.S. 121 – 149.

Kramer, Sven: Walter Benjamin zur Einführung. Hamburg: Junius Verlag, 2004. S. 116 – 124.

Kraus, Karl: Worte in Versen. München: Kösel,1959. S. 57 – 59.

Ledanff, Susanne: Neue Formen der "Ostalgie" — Abschied von der "Ostalgie"? Erinnerungen an Kindheit und Jugend in der DDR und an die Geschichtsjahre 1989/90. In: Seminar: A Journal of Germanic Studies, 43 (2), S. 176 – 193.

Leitner, Olaf: Rockszene DDR: Aspekte einer Massenkultur im Sozialismus. Hamburg: Rowohlt, 1983. S. 297 – 312.

Lindner, Burkhardt (Hrsg.): Benjamin-Handbuch: Leben-Werk-Wirkung. Stuttgart 2006, S. 3 – 8.

Lukács, Georg: Der historische Roman: Probleme des Realismus Ⅲ. Bd. 6, Neuwied u. a.: Hermann Luchterhand, 1965. S. 23 – 105.

Mahrholz, Werner: Der Wert der Selbstbiographie als geschichtliche Quelle. In: Niggl, Günter (Hrsg.): Die Autographie. Darmstadt: Wissenschaftliche Buchgesellschaft, 1998. S. 72 – 75.

Mcknight, Phillip: Geschichte und DDR-Literatur. (Amnesie, Fragmentierung, Chronik, kritisches Bewusstsein und Weichenstellung im Rückblick auf die Mitte der 50er Jahre: Mankurt, Horn und Horns Ende). In: Stillmark, Hans-Christian (Hrsg.): Rückblicke auf die Literatur der DDR. Amsterdam/New York: Rodopi, 2002. S. 191 – 220.

Mehrfort, Sandra: Popliteratur: Zum literarischen Stellenwert eines Phänomens der 1990er Jahre.Karlsruhe: Info-Verlag,2008. S. 33 – 51.

Meyer, Franziska: The Past is Another Country and the Country Is Another Past: Sadness in East German Texts by Jakob Hein and Julia Schoch. In: Cosgrove, Mary; Richards, Anna (Ed.): Sadness and Melancholy in German-Language Literature and Culture, Vol. 6 (2012), pp. 173–192.

Müller-Funk, Wolfgang: Erzählen und Erinnern. Zur Narratologie des kulturellen und kollektiven Gedächtnisses. In: Borso, Vittoria; Kann, Christoph (Hrsg.): Geschichtsdarstellung. Medien-Methoden-Strategien. Köln: Böhlau, 2004. S. 145–165.

O'Hara, Frank: Lunch Poems und andere Gedichte, übers. mit e. Essay von Rolf Dieter Brinkmann. Köln: Kiepenheuer & Witsch, 1969. S. 61–81.

Opitz, Michael/Hofmann, Michael (Hrsg.): Metzler Lexikon: DDR-Literatur. Stuttgart: J. B. Metzler, 2009. S. 122–125.

Pfeiffer, Peter C.: Tote(n) und Geschichte(n): Christoph Heins „Drachenblut" und „Horns Ende". In: German Studies Review, Vol. 16 (1993), No. 1, S. 19–36.

Pilz, Michael: Interview. Die DDR war ein Komplettpaket: Jens Bisky und Jakob Hein über die DDR, den Mauerfall und Deutschland 15 Jahre danach. In: Die Welt (09.11.2004), URL: https://www.welt.de/print-welt/article351228/Die-DDR-war-ein-Komplettpaket.html (Zugriff: 24. Oktober 2023)

Pollack, Detlef: Von der Mehrheits-zur Minderheitskirche: Das Schicksal der evangelischen Kirchen. In: Schultz, Helga/Wagener, Hans-Jürgen (Hrsg.): Die DDR im Rückblick-Politik, Wirtschaft, Gesellschaft, Kultur. Berlin: Ch. Links Verlag, 2007. S. 49–77.

Preußer, Heinz-Peter: Zivilisationskritik und literarische Öffentlichkeit: Strukturale und wertungstheoretische Untersuchung zu erzählenden Texten Christoph Heins. Frankfurt am Main: Peter Lang, 1991.

Reimann, Kerstin E.: Schreiben nach der Wende-Wende im Schreiben?: Literarische Reflexionen nach 1989/90. Würzburg: Königshausen & Neumann, 2008. S. 51–64.

Reißig, Monika: Gesellschaftliche Bedingungen für den Alkoholmißbrauch Jugendlicher in der DDR. In: Friedrich, Walter; Hennig, Werner(Hrsg.): Jugend in der DDR: Daten und Ergebnisse der Jugendforschung vor der Wende. Weinheim; München: Juventa Verlag, 1991. S. 105 – 140.

Richter, Hedwig: Die DDR. Paderborn: Schöningh, 2009. S. 11 – 15.

Samuel, Richard (Hrsg.): Novalis: Schriften, 6 Bde., Bd. 2.: Das philosophische Werk I. Stuttgart: Kohlhammer, 1965. S. 567 – 595.

Rudolf Schäfer: Die Anekdote. Theorie-Analyse-Didaktik. München: Oldenbourg, 1982. S. 60 – 76.

Schörken, Rolf: Begegnungen mit Geschichte: Vom außerwissenschaftlichen Umgang mit der Historie in Literatur und Medien. Stuttgart: Klett-Cotta, 1995. S. 11 – 24.

Schulze, Gerhard: DDR: Gesellschaft, Staat, Bürger. Berlin: Staatsverlag der Deutschen Demokratischen Republik, 1979, S. 5 – 6.

Thesz, Nicole: Adolescence in the 'Ostalgie' Generation: Reading Jakob Hein's *Mein ersters T-Shirt* against *Sonnenallee*, *Zonenkinder* and *Good Bye, Lenin!* In: Oxford German Studies, Vol. 37, No. 1, 2008, pp. 107 – 123.

Viertelhaus, Benedikt: „Die guten Texte wachsen auf düsterem oder dunklem Grund." In: Kritische Ausgabe 11, Sommer 2007. S. 77 – 82.

von Wilpert, Gero: Sachwörterbuch der Literatur. Stuttgart: Kröner, 2001. S. 344.

Wagner-Egelhaaf, Martina: Autobiographie. Stuttgart; Weimar: Metzler, 2000. S. 1 – 17.

Weber, Hermann: DDR: Dokumente zur Geschichte der Deutschen Demokratischen Republik 1945 – 1985. München: Deutscher Taschenbuch Verlag, 1987. S. 330 – 365.

Weber, Volker: Anekdote. Die andere Geschichte. Tübingen: Stauffenburg Verlag, 1993. S. 20 – 35.

Wicke, Peter: Zwischen Förderung und Reglementierung-Rockmusik im System der DDR-Kulturbürokratie. In: Wicke, Peter; Müller, Lothar

(Hrsg.): Rockmusik und Politik. Analysen, Interviews und Dokumente. Berlin 1996. S. 7 - 27.

Wolle, Stefan: Die heile Welt der Diktatur: Herrschaft und Alltag in der DDR 1971 - 1989. Berlin: Ch. Links, 2009.S. 153 - 156.

Yèche, Hélène: Über die narrative Konstruktion von Identität. Zwischen Noch-DDR-Literatur und Ost-Moderne: Christoph und Jakob Hein im Vergleich. In: Goudin-Steinmann, Elisa; Hähnel-Mesnard, Carola(Hrsg.): Ostdeutsche Erinnerungsdiskurse nach 1989: Narrative kultureller Identität. Leipzig 2013, S. 265 - 284.

Zekert, Ines: Poetologie und Prophetie: Christoph Heins Prosa und Dramatik im Kontext seiner Walter-Benjamin-Rezeption. Frankfurt am Main: Luchterhand, 1990.